讲好中国故事 传承红色

U0693181

红色记忆

老战士口述历史选编 第四辑

广州新四军研究会 ★ 编

人民日报出版社
北京

图书在版编目（CIP）数据

红色记忆. 第四辑 / 广州新四军研究会编 . —— 北京：
人民日报出版社，2021.1

ISBN 978-7-5115-6895-3

Ⅰ . ①红… Ⅱ . ①广… Ⅲ . ①革命故事—作品集—中
国—当代 Ⅳ . ① I247.81

中国版本图书馆 CIP 数据核字 (2021) 第 014038 号

书　　名：红色记忆. 第四辑
作　　者：广州新四军研究会

出 版 人：刘华新
责任编辑：周海燕
封面设计：墨航工作室

出版发行：人民日报出版社
社　　址：北京金台西路 2 号
邮政编码：100733
发行热线：（010）65369527　65369509　65369512　65369846
邮购热线：（010）65369530　65363527
编辑热线：（010）65369518
网　　址：www.peopledailypress.com
经　　销：新华书店
印　　刷：旭辉（天津）印刷有限公司

开　　本：710mm×1000mm　1/16
字　　数：220 千字
印　　张：12
版　　次：2021 年 3 月第 1 版
印　　次：2021 年 3 月第 1 次印刷

书　　号：ISBN 978-7-5115-6895-3
定　　价：58.00 元

《红色记忆——老战士口述历史选编（第四辑）》编委会

编委会主任：周玉书　王同琢

编委会副主任：倪善学　蔡家作　陈长寿

编委会成员：郑向明　李新民　赵雪勤

　　　　　　彭仕安　李东辉　陈　颖

　　　　　　曹　霞　余宏檩

主　　编：李新民

副主编：彭仕安

编　　辑：李东辉　吕彦霖

审　　读：张书英　周艳红

序言 ▶▶▶

传承红色基因
努力构建社会主义核心价值观

王同琢

习近平总书记在党的十九大报告中指出，要提高人民思想觉悟、弘扬民族精神和时代精神，加强爱国主义、集体主义、社会主义教育，引导人们树立正确的历史观、民族观、国家观、文化观。这是我们国家、民族发展中更基本、更深沉、更持久的力量，是我们夺取"两个百年"奋斗目标伟大胜利、实现中华民族伟大复兴中国梦的重要条件。培育和践行社会主义核心价值观必须从青少年的教育抓起，从娃娃抓起。这就需要全社会的共同努力，长期坚持，久久为功。

广州新四军研究会以研究和践行我党我军光荣传统和优良作风为宗旨，以传承红色基因、教育下一代、构建社会主义核心价值观为己任。研究会成立近 20 年来，一直秉承这个原则，做了大量工作。研究会的新四军老战士不顾年老体衰，组成宣讲团，认真撰写回忆文章，进校园、下社区、赴企业进行宣讲，以自己的亲身经历教育年青一代，产生了良好的社会效益和积极的社会影响。

不忘历史，不忘初心，不忘我们的先辈们浴血奋战，舍身为国，开创和建设新中国的功绩，是我们这代人的历史责任。然而随着时光的流逝，当年的许多亲历者已经离我们而去，还在世的同志年事已高。为了让历史的参与者和见证人将曾经的经历留给后人，2014 年以来，广州新四军研究会与中组部下属的延安干部学院以及淮海战役纪念馆、四平战役烈士陵园纪念馆等单位合作，先后采访了一百多位老同志（其中 30 余位老同志在接受采访后已相继离世），收集了近 400 小时珍贵的影像资料和 150 余万字的文字资料。这些老同志当年在党的召唤下，投身革命，出生入死、视死如归，铸就了坚贞不渝的理想信念；现在面对镜头，用朴实的语言，回顾自己的革命人生，把亲身经历的场景和事实娓娓道来，点点滴滴都展现出一个老共产党员、老战士如何在党的培养下不断成长和一生对真理的追求，展示了他们对党和人民的绝对忠诚，对中华民族的独立、解放和复兴的无私奉献。他们的话可信、可敬，十分珍贵。

为了有效地利用好这批珍贵的资料，我会决定有选择地把部分老同志的口述历史文字资料编辑出版一套六辑《红色记忆——老战士口述历史选编》丛书，面向广大青少年，以故事的形式，用老战士的战斗青春诠释我党我军的宗旨和优良作风，语言通俗易懂，可以让孩子们在潜移默化中理解和传承红色基因，增强对中国共产党和中国特色社会主义的热爱，更好地树立正确的世界观、人生观、价值观。我们认为，这是我会学习贯彻十九大精神和习近平新时代中国特色社会主义思想的一项具体举措，是一件十分有意义的事情。希望读者提出宝贵意见，以便我们在随后几辑的编选过程中加以改进。

2020 年 12 月 20 日

（王同琢，中将，原广州军区副政委，现为广州新四军研究会执行会长。）

目 录 Contents ▶▶▶

在战斗中成长

杜声驰

　　口述者简介：杜声驰，安徽马鞍山市含山县人，1925 年 2 月出生，1941 年 2 月入伍新四军，1943 年 8 月入党，经历过抗日战争、解放战争与抗美援朝战争。淮海战役时在 3 野 6 纵 17 师 21 团任保健员，新中国成立后在 24 军 71 师以医助身份参加剿匪，后转任空军 15 师政治干事，1954 年考入第四军医大学，后留校任政工干部，1960 年开始任学员大队副大队长。20 世纪 60 年代中期，调入第一军医大学，任学员大队大队长、校务部副部长，1983 年 2 月离休。

苦难的家庭

　　我出生在一个穷苦家庭，我父亲兄妹三人，我父亲排行老三，上面有一个姐姐和一个哥哥。我父亲常年在外头帮工，不常在家。我大伯早期出去参加革命，当了红军。我奶奶不放心，要我妈妈去打听情况，看看他到底是加入了红军还是加入了国民党。我妈妈先后两次在他干革命的地方找到我大伯，把家里的困境告诉他，他妈想他，他媳妇失明了，希望他抽空回家看看。我大伯听了十分难过，尽管这样，他也一直没有找到机会回家，后来一直到新中国成立后都音讯全无。我的父亲常年出外在船上帮工，一个月回不了几次家。在我 6 岁那年，我父亲生病了，母亲四处借了很多债，也没有把我父亲抢救回来。父亲死后，母亲为了还债，也出去帮工，但也赚不到几个钱还债，实在太苦了。她留下我们兄妹三个人给我奶奶抚养，自己就改嫁走了。生活很艰难，妹妹四岁就被送给人家做童养媳了。

我 13 岁那年，日本人就到了我们家乡，入村以后杀人，抢东西，侮辱女性，无恶不作，手段很残忍。男人去反抗，杀死了日本鬼子十几人，于是附近几条村子都遭到屠杀，这样类似的事情太多了。那时我与周围的一些同龄人，虽然还不太懂事，就已经知道不能当亡国奴。那时候常听大人议论共产党怎么好，国民党怎么不好。国民党打了败仗，也到村子里强抢东西，搞得人心惶惶。记得那时候村子里有 50 户人家，我家住的地势比较高，门口还栽了可以遮阴乘凉的柳树。夏天的时候，村子里的人都喜欢端着饭碗到我家吃饭乘凉。那时候虽然很穷，但是奶奶每年都淹几缸咸菜，供大家随便吃。尽管日子过得很艰难，奶奶还是让我读了三年私塾，我因此有了一定的文化底子。后来，我参了三次军，入了两次党。

第一次参军入党

我第一次参军是 1937 年的夏天，当时红军不愿意收我，觉得我年纪小，带着我行动不方便。部队离开后，我顺着他们出发的方向一路找过去，后来终于找到部队，部队没办法只好把我留下。在部队跟着行军 40 多天，因为当时年纪小，经常半夜转移阵地叫不醒我，还是拖了部队的后腿。后来部队就劝我，把我送了回去，发展我入了党，算是留下了革命的种子，让我负责给革命同志带路联络，留在当地干革命。那时候主要从事地下工作，联络送信，带同志过封锁线，印象最深的是我用家里的大船装五六个人，划着船桨送他们过江，最远的大概 1000 多米，送到江对面有人接应。过铁路封锁线的时候比较危险，因为经常有巡逻，如果遇上巡逻我就趴在地上，手捂着对地上说猪来了、狗来了等暗语，同志们听到就不会过来，等都巡逻完了再过封锁线。时间长了也摸到了敌人巡逻的时间规律，大多数情况下，我们都在不巡逻的时候过铁路，过铁路以后就走偏僻的地方，如山区树林，丘陵地带，特别是一些埋了死人的地方。这些地方敌人一般不会去，特别安全，去的时候不怕，因为人多，回来的时候都是我一个人，比较害怕。特别是夏天，更怕，老觉得后头有人跟着我，我越回头看越冒汗，实际上是自己吓自己，总觉得有人跟着，坏人跟着。还有一个原因就是夏天那个萤火虫一闪一闪的，穿过坟地时，感觉那就是鬼火，还有鬼在后面跟着我。

第二次入党

我第二次当兵是1939年，当时是在一个游击队里，里边一共50人。因为枪不多，我们几个岁数小的，就每人发了一把大刀，我们不服气，就商量着自己去打敌人夺枪。结果在一次晚上的行动中，搬了三次地方也叫不醒我，最后部队只能留下我继续前行了。我孤苦无依，经历了很多困难，一路讨饭，过了5个月，我才回到了家暂时躲起来，就这样我两次都是因为半夜醒不来而导致掉队了。以后到了1941年，我第三次去参军，与同村的石柱生和我的侄子杜玉恒，带上干粮就出发了。后来石柱生让他妈去部队领回家了，我和侄子到无为找到了宣传队。杜玉恒读了七八年私塾，文化程度高，就被安排当了文书。我先在连队当战士，后来上级培养我到卫生队去见习。后来，组织又派我到新四军军部的卫校接受系统的学习，当时卫校的校长是黄龙，学习期为4个月，主要是学护理、抢救、止血等一些急救知识及处理手法，也学习一些生理解剖知识及常见病的症状，初步掌握了一些医学常识。回去以后我就被调到师部医院当助理、保健员了。

在行军打仗中，为了熟悉人体构造，我经常把尸体带在身边做解剖，有空时就找个偏僻的地方，用刀子划开来，对着书本比较，练习一些手术的基本手法。夏天的时候，尸体都臭得难闻，就拿个雨布包着带在身边，随时随地抽空练习。在战场上我主要是处理外伤，我的医术就在战场上不断实践、摸索中得以提高。那时候医院最大的困难是缺乏药品和器械，也没有什么医疗仪器。抢救病人的时候也顾不了那么多了，病人痰咳不出来怎么办？我都用嘴吸，吸到嘴里再吐出去，长期这样操作，我自己也落下了肺气肿的病根。那没有办法，一切都为了抢救病号。那时候住在老百姓家里，没有痰盂就用土砖自己做痰盂，里边放些稻草灰就往里边吐痰了，我不怕脏不怕累不怕苦也不怕死，工作比较积极。组织对我很关心，要发展我入党，我说我早就是共产党员了，但组织说我的入党介绍人和介绍信都没有手续，只好再重新宣誓，也就是说第二次入党，我的两次入党三次当兵的经历就是这样来的。

我入党以后，组织把我安排到休养组负责接待站的工作，当时一共3个人，另外两个是丁红昌和赴广发。我们负责接收伤员，然后安排到附近农村的群众家里养伤，那一带的群众都很好，都很配合。我们的纪律严明，损坏东西是要赔偿的，自己有钱自己赔，自己没钱打个条，公家赔。群众非常拥护我们，支持我们。

我在连队当助理医生，那时候部队的伤病员都住在老百姓家里养伤，群众基础比较好，我也就经常去老百姓家里看看伤病员的情况，然后向上级汇报。当时药品紧缺，只有碘酒、红汞和阿司匹林，就是这些简单的药也只能到南京、上海这些大城市买。那时最多的病是肺结核病，也没有什么特效药，只能够增加营养。那时吃饭都成问题，想找点营养品更不可能，只能收集一些鸡蛋壳，洗干净，晒干，磨碎，炒香，分给大家吃，补补钙，提高一下免疫力，对肺病也有帮助。那时候的伤病员中也有一些俘虏兵，态度不好。不过我们优待俘虏，都给他们治好。不愿留下的，就让他们回去。也有一些违反纪律的人，记得有一个副连长，生活作风有问题，住在老百姓家里，还敢翻墙侮辱妇女，后来我跟上级反映了情况，他就被处分了。

遇见陈老总

抗战胜利后，又开始打内战了，到山东后，我调到教导队当医生，负责医疗工作那块。其实那时我只想到前方打仗，不想在后方工作，后来因为不打仗了，和平了，整个部队都松懈下来，没什么事干，一些人消极怠工，少数人少数干部生活腐败，就像李闯王进京一样，成天吃喝玩乐。后来组织处理了这些人，撤职查办，开除党籍。再之后部队也开始抓紧训练了，随时准备打大仗。跑步，翻山越岭练体能，讲实例，学战术，训练越来越严，大家都知道不打不练就会吃亏，会打败仗的。

在济南战役前夕，陈毅、粟裕来到我们师里视察工作。我正准备吃饭，师长警卫员小李一路小跑过来找到我，说陈老总病了，我二话没说马上背上药箱跟他一路小跑，到陈老总跟前敬了个礼就开始询问病情。只见陈老总脸色很差，精神也不是很好。原来他老毛病又犯了，胃不好。正好我当时也有他常吃的药，就给他吃了，半小时后，他就精神多了。当时天气非常炎热，他穿着灰布军装，把扣子解开，袖子挽起来，在屋子里走来走去，向大伙了解了解各方面的情况。陈老总穿得很朴素，平易近人，一点架子也没有，而且口才很好，幽默风趣，非常开朗，常常引得大家哄堂大笑。他故意问房东，你看我们在座的哪个官最大？那房东看来看去，就认为我们师长官最大，因为我们师长个子高，长得魁梧，大概有一米八的样子，而且穿得特别气派，穿了一套呢子衣服，其他人穿的都是军装。师长皮带上挂了一圈子弹，还有手枪，看上去非常英武。陈老总听了哈哈大笑，说："老乡，你眼力很准，一看就知道他官大！"陈老总的笑太有感染力了，大家也都忍不住哄堂大笑！

带着伤员找部队

我们 6 纵 17 师打了很多大战役，我一直在后方工作，孟良崮战役主力部队转移后三天，敌人的大炮飞机对着我们的伤病员养伤时居住的村庄来回俯冲，扫射，丢炸弹，死了不少老百姓，我那时是被飞机炸弹炸伤的，到现在弹片还在。我负伤以后，带了 20 几个伤病员一起走。我自己也残废了，拄着拐杖，没吃没穿没方向，走了 20 多天，一路还要躲避敌人，后来有个老乡给了我们一些高粱米，一路靠吃它支撑。这 20 多人中，只有我和另外一个通讯员身体好些，每到一个新地方，他负责站岗，我想办法给大家找住的吃的，每到一个新地方，都要为大伙的吃住行发愁。

我们当时只有 4 条步枪，几十个手榴弹，子弹也不多了，武器实在太少了。我们都是伤病员，没有一点反攻能力，既怕遇上国民党，又怕遇到还乡团，没有方向，找不到部队，后来终于见到一个军分区的警卫连，我们就跟着走。一路上还遇到两次敌人，打了两次仗，因为敌我力量悬殊，为了保存实力，尽量避开，不主动开战，能避则避，大家始终抱团走，打乱了以后再集中一起，继续前行，最后走了 3 个月，终于找到我们自己的部队了。大家高兴得又蹦又跳，虽然残废了，各自还能回到自己的单位去。大家在一起同生共死 3 个月，感情深厚，真要分开回到各自的岗位，都感到难舍难分。大家以后也都念念不忘。

见到毛主席

新中国成立后，记得是 1958 年，我从西安送 20 几个大学毕业生下连队，到 66 军去锻炼。临走前途经天津，我遇到了一件此生最难以忘怀的事情，那就是有幸见到了伟大领袖毛主席。

我当时正好去买特产，就在一个烤鸭店的旁边，突然一个穿着白大衣的胖师傅，手里拿着个帽子，激动地一面奔走一面大声喊，毛主席在我们店里吃烤鸭啦，毛主席在我们店里吃烤鸭啦！大家都对毛主席有着非常深厚的感情，一听到这个消息，都放下手头的活计，跑去想见毛主席一面。我也是非常激动，顺着人流跟着过去了，去到一看，倒吸了一口凉气，那里人山人海，围得水泄不通，树上爬满人，电线杆上也有，窗户上也塞满人了。毛主席站在烤鸭店的二楼，穿着白衬衫，灰色裤子，向大家挥挥手致意。楼下只有一个民警，看到这么多人，作为军人的我，第一时间意识到主席的安全问题。人多，场面不易控制，容易出乱子，我便与那个民警沟通，大家想见毛主席的心情可以理解，但我们要组织好，分批见面。于是大家听我们的指挥，20人一排，手挽手有序前进，先向后退，再五步三步地前进，听口令。大家都很配合，最后都高兴地见了毛主席一面。

整理：李东辉

编辑：李新民

烽火岁月

许荣柏

作者简介：许荣柏（1915年-1980年），湖南省永兴县金龟镇唐屋村人。1935年10月参加革命，1938年5月加入中国共产党。历任湘南耒阳游击队战士、班长；新四军特务营班长，新四军6师51团排长、连长、副营长；江苏溧阳县政府军事参谋长，警卫团副团长；华中野战军8纵70团1营营长，山东野战军6纵16师侦察科科长，南下支队副参谋长；江西赣东北军区浮梁军分区独立团团长；广西桂林铁路公安段段长，衡阳铁路第一工程段段长，衡阳铁路分局武装部部长。1974年12月离休。战争年代先后3次负伤（一次重伤，两次轻伤），荣立一等功1次，二等功2次。

为复仇参加游击队

我原名许有才，家有5口人，父亲、母亲、弟弟、妹妹和我，家里没有田地，全靠父亲打铁维持生活。那时候家里很穷，全家人挤住在两间加起来不到20平方米且透风漏雨的破瓦房里，除了两张木板床，一个破衣柜和一口铁锅外，几乎空空如也，真可称得上家徒四壁。

我8岁那年，父亲因长期劳累，患了肺痨病，为治病找村霸借了钱，因还不起高利贷，惨遭村霸勾结土匪杀害。不久，母亲和弟弟因病相继离世，妹妹被送到靠近金龟镇的山里一户人家做童养媳。家庭惨遭变故，只剩我一个人，好在叔叔收留了我。叔叔也是打铁的，住在叔叔家，我便跟着叔叔学打铁，从此开始了打铁生涯。1932年，17岁的我只身一人离开永兴唐屋村，到湖南耒阳大雾滩煤矿继续帮工打铁。

1934年冬，栖身耒阳的我，碰到了一个人。因为这个人的出现，改变了我的一生。这个人就是谷子元（原名谷莲，湖南耒阳人，1927年加入中国共产党，次年参加湘南暴动，任湘南游击队司令兼政治委员）。当时的我不到20岁，个头不高，脸庞黝黑，身材瘦削，但眼睛炯炯有神，浑身很有力气。谷子元得知我的家庭的不幸遭遇，深表同情，便有意接近我。在谷子元的启发、引导下，我怀着对旧世界的满腔仇恨，抱着为父亲报仇的决心参加了游击队。当时耒阳游击队隶属湘南游击队，称为三大队。

参加游击队后，我担任了一段时间的交通员，凭着灵活机智，多次出色地完成了任务，1936年2月在游击队担任了班长。当班长时有一件事令我记忆深刻。我们班的宿营地旁住着一户老百姓，他们家后院种有一片橘子园，当年11月，正值橘子成熟季节，黄澄澄的橘子挂在树上，令人嘴馋。班里有一名战士姓黄（名字记不清了），年龄比我小两岁，有一天趁人不注意，溜进橘园摘了两个橘子就吃起来。他出来时，正好被我看见，我立即大声叫他过来。他到我面前时手里还拿着半个橘子。我厉声问道："你为什么要摘老百姓的橘子，不知道这是违反群众纪律吗？"他支支吾吾说不出话。我火冒三丈，伸手打了他一巴掌，接着命令他在原地站立，不经我的同意，不许走动。就这样，这个战士站了整整一夜。第二天清早，值夜岗的哨兵将此事报告了连部，连长把我叫去狠狠训斥了一顿，告诉我遵守群众纪律是对的，但打骂战士严重违反了我军的政治纪律，批评我这是军阀作风，并宣布撤掉我的班长职务，派我去伙房干活。我下伙房当了3个多月的伙头军，后因游击队需要骨干力量，我又被编入战斗班。

1938年2月6日，湖南耒阳地下党在耒阳的天门山召开了耒阳、安仁、永兴、常宁、衡阳五县骨干会议，参加会议的有耒阳的谢竹峰、王诗杰、刘厚总（皖南事变中叛变投敌），安仁的唐名煌、杨华、贺金学，常宁的刘日照，衡阳的邹代富，我作为永兴代表参加会议。会议讨论了当时国共合作一致抗日的形势，会议选举产生了中共耒安中心县委。

同年，由于第二次国共合作局面形成，中共中央命令南方八省游击队，全部改编为新四军。根据上级命令，由湘南特委书记王涛和中心县委书记谢竹峰指挥和组织，在湖南宜章和广东乐昌坪石一带山区活动的湘南游击队第1大队与在耒阳的第3大队合并，在耒阳江头刘家祠整训后，一起开赴抗日前线。队伍抵达安徽太平后，编入新四军军部特务营。湘南游击区的三年游击战争，为新四军输送了近千人的队伍，在中国革命战争史上写下了光辉的一页。

1938年5月，由新四军特务营排长梁育发介绍，我加入了中国共产党。

皖南突围

1940年10月19日，蒋介石指使何应钦、白崇禧以国民政府军事委员会正、副参谋长名义致电朱德、彭德怀和新四军叶挺、项英，强令在黄河以南的八路军、新四军在一个月内开赴黄河以北。11月9日，朱德、彭德怀、叶挺、项英复电何应钦、白崇禧，据理驳斥了国民党的无理要求，但为了顾全大局，仍答应将皖南新四军部队开赴长江以北。而蒋介石不予理睬，密令第三战区顾祝同、上官云相将江南新四军立即"解决"。

新四军军长叶挺已充分估计到皖南新四军面临的险恶处境。1941年1月3日深夜，叶挺秘密召集部分特务营干部、骨干开会，我当时已当了班长，也被通知参加会议。叶挺住在一个普通的农舍里，房子是土墙，茅草盖顶，进门中间是一间堂屋，左边是卧室，右边是伙房，堂屋里有一张方桌和几条长板凳，方桌上放着煤油灯。在昏暗的灯光下，我看到来开会的干部、战士大约十来个，都跟我一样差不多20多岁。叶挺军长神情凝重，首先讲话。他是广东惠阳人，说话夹带着客家口音，他说："我们新四军可能面临重大危险，你们还年轻，我要为新四军的前途着想，一旦遭遇不测，你们各自想办法出去，为新四军保留革命火种。"说完，他要副官给在场的每个人发了两块银圆。我当时把两块银圆紧紧握在手心里，心里有一股说不出的滋味，我看大家表情严肃，都不说话。我这个人没有读过书，平时爱说话，遇事喜欢"放炮"，我的话冲口而出："军长，我豁出去了，从现在起，我把性命与新四军的命运绑在一起了。"这时大家也齐声说："抗战到底不回头。"叶挺军长对大家点点头，随后吩咐大家销毁重要文件、图表。

1941年1月4日上午，新四军军部下达北移行动命令。整个皖南部队9000余人编为三个纵队，由泾县云岭地区分左、中、右三路开进，叶挺、项英及军部随中路纵队行动。我们新一支队包括老一团、新一团和我所在的特务营，共3000人编为第一纵队，也叫左路纵队，傅秋涛为司令员兼政委，江渭清为副政委兼政治部主任。军部给我们布置的行军路线是经章家渡、茂林，在琅桥河与军部会合，然后绕过宁国附近，插到苏南溧阳竹箦桥地区，与苏南的新四军会合。1月4日晚，命令下达后的当晚，三个纵队同时冒着大雨出发，经过一夜行军，5日清晨，我们一纵到达章家渡。过河后，部队在大康王休息，我奉命和几个侦查员先往前进路上侦查。当我们接近琅桥河时，发现已被国民党52师占领，我们立即返回住地报告，这已是1月6日清晨。正在这时，部队右翼丕岭传来了激烈的枪炮声，这是国民党顽军打响的围歼我新四军转移部队的枪声。

我一纵队经过两天的激战，攻占了琅桥河，并往前推进了几十里。8日，与军部无线电台联系，军部指示部队后撤待命，这样，冲出去的部队又撤了回来。我又奉命第二次往前侦查，当我们爬上山，用望远镜瞭望，发现我部突围的路线，正面及左右两面都有敌人层层设防。这时，军部和三纵队方向也传来了枪炮声。

9日，我们一纵队完全与军部失去了联系。经纵队首长决定，部队从磅山一带突围，具体部署是：新一团在突围方向的左面，老一团在右面，支队机关在中间，由警卫连担任前卫突击，我们特务营断后。1月10日，警卫连趁着雨夜，向磅山一带的敌人阵地摸上去，紧接着一阵猛冲猛打，打得敌人晕头转向，顿时在敌人的封锁线上撕开了一个口子，后面的部队包括司令员傅秋涛、政治部主任江渭清及特务营大部分共约500多人都紧跟着冲了出来。不久，敌人又调集了三个团开始追击，我们被迫白天在深山密林里隐蔽，晚上行动。特务营营长饶惠潭带领我们十几个人组成短枪队去侦查向苏南转移的路线。在回来的路上，突然遇到一股敌人向我们冲来，而且对面山上也有敌人，营长饶惠潭立即带领我们向敌人还没有占领的山头跑去。山坡很陡，我们攀着岩石、抓着树枝拼命往上爬，只听见子弹"嗖嗖"响个不停，我跑在最后，不时回头看山下也正在爬山的敌人，不时举枪还击。我们快速跑进一片密林，这时我突然一脚踩空，整个人失去平衡，接着顺着一个坡滚下去，脸和手都被树枝、石头划破，头也被重重撞击。不知躺了多久，我睁开眼睛，四周一片漆黑，寂静无声，天上有一轮暗淡的月亮，我猛然看到身旁躺着几个人，我立马坐起来，下意识去摸挎在脖子上的驳壳枪，可旁边的人没有任何反应，再仔细一看，是牺牲战友的遗体。我站起来，向烈士的遗体敬礼，并找来树枝把遗体盖起来。之后，我辨准了方向，朝着一纵队突围的方向快步走去。

正当我焦急地追赶部队时，看见前面有一支几十人的队伍走过来，原来是政治部主任江渭清带领的约50人的队伍。大部队已经开走了，我再晚回来一会儿，可能就掉队了，经过首长同意，我就跟着这支队伍突围了。

此前，一纵队突围部队到达泾县、宁国、旌得交界处山区地带，傅秋涛、江渭清商量，几百人的队伍一起行动，目标太大，必须将部队化整为零。于是，傅、江各带一部分队伍，其他人由一名营长带领，分别突围，而我遇到的正好是江渭清带领的突围部队。我们这支队伍，在山里昼伏夜行，冲破敌人的"围剿"，突围到了天目山。而后，又沿天目山麓向北行进，沿途不断遭到敌人追杀，在地下党和当地群众的帮助下，一次一次脱离险境，转战跋涉一个多月，终于到达苏南，找到了在苏南敌后战斗的新四军第十六旅。此时，我们这支队伍只剩下 30 多人。

在皖南事变中英勇突围的新四军健儿，一部分到了苏南，另一部分从铜陵一带突围出去后渡江到了无为。最后皖南突围的约 2000 余人，他们没有被流血牺牲吓倒，又重新汇入抗日战争的洪流之中。

震惊中外的"皖南事变"后，中共中央立即重建新四军军部，显示了中国共产党为维护抗日民族统一战线，坚决抗日、宁折不弯的决心，极大地振奋了全国抗日军民的精神。绝境逢生的新四军擦干净身上的血迹，又开始了敌后抗战。

对日作战的最后一仗

1945 年 8 月 15 日，日本天皇宣布无条件投降后，因为部分日伪军并未就地向我抗日部队缴械投降。根据中央军委指示，华中野战军首长粟裕命令新四军部队攻击拒不向我投降的日伪军据点。

1946 年 1 月 4 日，新四军华中野战军第八纵队 70 团（此时我在 70 团任一营营长）奉命从高邮县车逻镇出发，经过昼夜兼程，连续 5 天的急行军，赶到了陇海线南侧的宿迁县境内的窑湾镇集结。

1 月 10 日上午，部队到达目的地，做好了战斗准备。当晚 7 时许，70 团战士在炮火的掩护下，向运河车站敌伪军发起攻击，经过激烈战斗，守敌于 1 月 11 日天黑前仓皇逃跑到炮车车站。我率部乘胜向东进发，当晚就将炮车车站包围，首先端掉了镇上的伪军炮楼，盘距在炮车车站的日军 65 师团的约 50 人仍拒不向我军投降，我决定派处于阵地最前沿的一连消灭这股敌人。后来上级调来反战同盟会员，到阵地前沿向日军喊话，他们以亲身经历说明新四军的宽大优俘政策，说明日本天皇已经向全世界宣布无条件投降，告诫对面日军不要执迷不悟，必须立即放下武器，否则坚决消灭之。

　　经过几番劝降，日军大为震动，遂派代表与新四军谈判，接洽投降事宜。1月12日上午8时，70团1营1连连长张超受命带领全连战士进入该据点，负责接受日军投降。过去与中国人民为敌，横行霸道，不可一世的日本侵略军像泄了气的皮球一样，乖乖地列队迎接新四军进驻据点。在受降过程中，我军严格执行优俘政策，除将他们的武器收缴之外，凡属日军的个人用品行装，一概归他们本人所有，秋毫无犯。

　　随后一连押解这批俘虏，步行去瓦窑车站，沿途冰天雪地，地面深浅不平，不时有人摔倒，好不容易将这批俘虏押上火车到达新安镇，办理了交接手续。这批投降日军为新四军宽大为怀的举动所感动，纷纷伸出大拇指用生硬的中国话称赞道"新四军大大的好"。有一名日军俘虏还用一条碎布写下七个汉字：新四军仁义之师。他说这几个字他只会写，却不会读。

日军受降

　　当张超率部返回瓦窑车站后，我与教导员孙海云研究决定，将从日军手中缴获的一挺歪把子机枪配给1连3排7班以示奖励。

　　以后我所在的70团参加了苏中七战七捷、消灭国民党军整编74师等大大小小的许多战斗，后整编入中国人民解放军第三野战军，于1948年11月参加淮海战役。1949年4月21日，在西起湖口、东至镇江的千里战线上，中国人民解放军百万雄师强渡长江，迅速突破国民党的江防。4月23日，第三野战军一部解放了南京。随后，我所在部队于5月22日解放了江西南昌，我被调任江西赣东北军区浮梁军分区任独立团团长。

　　1950年3月我和爱人周慕德一起由部队转业到铁路部门，开始了新的征程。

（本文系作者生前遗稿）

整理：许涌江
编辑：李新民

青春在战火中闪光

周慕德

作者简介：周慕德（1921 年 -2010 年），女，江苏省金坛县人。1940 年 1 月参加革命，1940 年 3 月加入中国共产党。历任江苏溧阳地方工作队队员；江苏溧阳竹南区区委组织委员；新四军 8 纵 70 团团部政治指导员，新四军 6 纵后方家属队支书、排长；江西省赣东北军区直属工作股副股长，浮梁军分区独立团政治处组织股副股长；广西桂林铁路公安段保卫股副股长，衡阳铁路公安处政治科主任干事，衡阳铁路分局审干办公室副主任、分局政治部干部部长、分局政治部副主任、党委常委，衡阳铁路分局纪委副书记。1982 年 8 月 4 日离休。

走出家门参加革命

我的家乡在江苏省金坛县社头镇墩上村。金坛地处江苏省南部，东与常州市相连，西接茅山，南临洮湖（又名长荡湖），与溧阳市隔水相望，北与丹阳市、镇江毗邻，是抗日战争时期的苏南抗日根据地。

我们的村子是一个住有不到 30 户人家的小村落，地势平坦，村周围都是水田，有一条围村的小河。苏南是水网地域，几乎所有大小村子都有河流，小河距村口不到 100 米，家家户户都有一个可以装下人的大水缸，平时就到小河里挑水回来倒进水缸作为生活用水。厨房里砌着一个带烟囱的灶台，前台是双眼台面（有的家里是三眼）分别放一口大铁锅，一口小一点的铁锅，用来煮饭和炒菜，只要锅不烂，就一直放在灶台上。别看这铁锅普普通通，盖上圆形木盖，焖出的米饭香喷喷的。灶台后面是炉膛，我们这里没有柴火、煤炭，都是烧麦杆草、稻草，每年收稻、收麦子脱粒后，就将麦杆、稻草晒干，堆积储放，作为燃料。

我父亲周福田小时候读过书，后因考秀才未中，20多岁种了几年田又改教了几年书后居家，为人忠厚老实，不参加社会活动，不参加任何团体组织。母亲丁凤英是一个性格较开朗的农村妇女，裹过小脚，不识字，整天操持家务。我们兄弟姐妹7个，我有两个姐姐、三个弟弟，一个妹妹，我排行老三（后来大家都叫我三姑）。

父亲对子女管束很严，特别对我们几个女孩子以"三从四德"教育为主，告诫我们女孩子要规规矩矩，莫管闲事。我6岁时在村里读私塾，读的都是《三字经》《女儿经》，私塾老师告诉我要做一个贤惠的人。

我13岁那年，村里开办了一所小学校，就在村口的小河边。我看到学校里学生个个都很活泼，加上学校又是一位女老师，令我很羡慕。我想着办法求母亲让我到新学校读书，还幻想着自己也能当一名老师。母亲经不住我的软磨硬泡，同意我到学校读书，我甭提有多高兴了，在学校里，我用心学习，功课也很好。

1938年我17岁时，日本侵略军进入了金坛城，经常下乡骚扰，家里生活陷入了困难境地，我被迫放弃学业，回到家中。这时我思想很苦闷，老想出去做事。

1939年8月，我们这一带来了新四军开辟新的根据地，发动群众，成立各种救亡组织，时常有做宣传工作的同志到村里、到家里来给我们讲抗日理论，并教我们唱歌。其中有一位女同志名叫彭俊（我的入党介绍人之一），比我大两岁，她很热心，经常来家里串门。一来二去，我与她熟悉了，相处得很好。我们之间无话不谈，经她提议，我们还拜了姐妹。她介绍我参加了妇救会，后选举我为妇救会主任。承担妇救会工作后，我也忙起来，经常上台演讲，宣传一些革命道理。1940年1月，我接到组织派我去受训的通知，从此，我走出家门，正式参加了革命工作。

"塘马血战"前后

1940年2月，我被派往江苏溧阳县地方工作队任队员，主要是做发动群众工作。

1937年12月1日，日军攻占了溧阳城，此为溧阳第一次沦陷。

1938年1月4日，日军退出溧阳，趁日军撤离空隙，国民党苏浙皖边区游击司令部参谋詹汝民带军入城。1938年3月19日，日军二次入侵溧阳城，詹汝民以所谓"焦土抗日"为名，放火烧毁码头街后仓惶逃离溧阳。溧阳城内满街火光，浓烟滚滚，许多房屋、商号被烧毁，残垣断壁，废墟成堆。后来，日军又先后两次占领溧阳，直到1945年8月，新四军二、三支队攻打溧阳城，消灭汪伪师部，溧阳才真正光复。

我到溧阳时，已经成立了抗日政府，但没有进驻溧阳城，主要在各乡镇开辟根据地，条件十分艰苦。在艰苦的环境中，我与工作队的队员们展开群众工作，跑遍了溧阳县境内的竹南区、竹箦区、前马区，我们吃、住在老百姓家，宣传发动在村头田间，做了大量的抗日宣传活动。1940年3月在溧阳高家圩，经金坛西南地区抗委会副主任、茅山保安司令部参谋长李钊和彭俊二人介绍，我光荣地加入了中国共产党，并于1940年6月转为中国共产党正式党员。

1941年5月，突然传来消息，我们全家被伪军抓走，父亲被捆绑吊起来，敌人威胁他老人家必须交出当新四军的女儿，否则杀头。党组织得知后，为了我的安全，将我调到长隔。到长隔后，我心神不安，时刻惦念家中人，为家人因为我受罪感到痛苦，也不知父亲能否活着出来。后经组织多方营救，花费了大量钱财，家人才得以放回。后来我收到由家中捎来的信，说问题已经解决，就是用了很多钱，家中口粮基本上都变卖掉了，父亲也无生命危险，我心中的石头才落了地。1941 年 6 月我又回到溧阳地方工作队。

1941 年 11 月中旬，新四军 16 旅旅部及正在整训的 48 团 2 营驻在溧阳别桥镇塘马村，当时在塘马地区集中的还有苏皖区党政机关、第五行政专员公署、茅山行政专员公署、江苏溧阳、溧水、金坛、宜兴、镇江、句容、安徽当涂等县党政机关和茅山保安司令部共 1000 余人。

塘马地处溧阳县西北丘陵地带，是一个有百来户人家的村庄，北面临近日军侵占的溧水、武进，南面距国民党驻扎的军队只有一二十公里，处于敌顽夹击的态势下。11 月 27 日深夜日军十五师团约 3000 余人，伪军 800 余人从溧、武路沿线各据点出发，对根据地进行扫荡，并分东北、西北、东南三个方向奔袭而来。28 日清早，16 旅旅部特务连哨兵首先发现敌情，战斗由此打响，塘马是敌人进攻的主要方向。旅长罗忠毅、政委廖海涛首先命令参谋长王胜、组织科长王直率旅部机关及苏皖区党政机关人员向东转移，然后罗、廖两人亲自率领旅特务连和 48 团部队，就地抗击。战斗十分激烈，敌人凭借火力优势，不断发起冲锋，新四军战士们打退了敌人一次次冲锋。秋后的田野上缺少隐蔽物，敌我双方又比较接近，血战到上午 10 时左右，罗忠毅中弹英勇牺牲。在另一方向与敌血战的廖海涛率领官兵，抱着为罗旅长报仇的怒火，与敌人拼死搏杀，战至下午 3 时，廖海涛政委也不幸中弹牺牲。这两位我军优秀的高级指挥员为中国革命事业、为抗击日本侵略者，在苏南战场上流尽了最后一滴血。塘马战斗中，我军共有

塘马战斗旧照

272 位烈士壮烈殉国，使抗日军民为之震惊。塘马血战是一曲惊天地、泣鬼神的抗日战歌。

塘马战斗以新四军 270 多人的牺牲，换来了 1000 多人成功突围。

当战斗打响后，我和几名工作队员正在老乡家中，在剧烈的枪声中，有新四军战士跑进屋来大声说："快往东出村。"我们急忙跟着他往外跑，前面有一条河，河上有一座桥，但日军的机枪子弹像雨点一样打在桥上，负责掩护的新四军战士试图带领撤离人员渡河过去，但有几个同志不会游泳，下水后即呛水溺亡。我们便沿着河边往东跑，日军的子弹不时在头顶飞过，正在急跑中，我突然觉得腿上一阵刺痛，像刀割一样，这时已出村庄，我腿一软，一屁股坐在地上，伸手一摸，右大腿外侧鲜血直往外流，我知道负伤了，原来是日军发射掷弹筒弹，爆炸后，一块弹片击中了我的大腿。掷弹筒又称作小炮，便于携带，杀伤力比较强，日军中大量配备。

我坐在地上再也无力站起来，眼看着大部分人都冲出去，正在这时，茅山保安司令部参谋长、我的入党介绍人之一李钊手提驳壳枪急匆匆地跑过来，看到我就说："你怎么还在这里？"我当时已几乎昏过去，没有回答他。他低头一看，我负伤了，根本无法行走，便二话没说，追上奔跑的人群叫来两个老乡，接着让他们简单包扎了一下我的伤口，然后轮流背上我撤退。从塘马及附近村庄向东转移的旅部和苏皖地方党政机关近 1000 人，终于安全撤到了长荡湖边的清水渎，我被安排到一户较偏僻的老乡家。下午，日军企图向东追击，但被我 48 团打阻击的部队拦在相距清水渎仅两公里的戴家桥以西，直到黄昏，日军停止攻击。我方大队人马当夜趁黑跳出了包围圈。后半夜，老乡背着我上小船，也在天亮前渡过了长荡湖。渡过湖后，老乡找来门板，一路把我抬回家，当我被抬进家门时，已是黄昏。

母亲看到我受了这么重的伤，立即痛哭起来。此时，我正处于昏迷状态。可是，这穷乡僻壤找不到医生，往金坛城去也不可能，一是天已快黑，二是城内有日伪军根本进不了城。经组织研究后同意我藏在家中养伤，并派人送来了 200 元钱。就这样，我在家中养伤达一年之久，弹片留在腿内一直未取出，时不时发炎化脓，母亲就用盐水给我清洗，直到我归队后，伤口还没好利落。由于日伪军反复扫荡，很长一段时间，我和几位伤员就被送往较远的山上，经常吃不到一点东西，伤口反复发炎，直到一天腿部烂肉扩大，弹片自己随脓血一起流出来，伤口才逐渐恢复。

当我伤口还未好但勉强可以行走时，组织需要扩大展开群众工作，便安排我去距家二十多里的罗村坝小学工作。名义上当老师教书，实际上做支部工作，这样我在学校以教书做掩护，工作了一个学期。1944 年 1 月我又被调往溧阳任竹南区委组织委员，我喜欢做群众工作，所以在新的工作岗位上，积极性空前高涨，身体也渐渐恢复。竹南区虽然是一个新建立的区，但我党原来在此做过大量工作，有一定的基础。我紧紧依靠当地积极分子和骨干在短期内就把各种群众团体组织起来了，有农会，妇救会等，与当地群众关系搞得很好。我有几次被日军包围，都在群众的掩护下，安全脱险。经过几年艰苦环境的磨炼，我在党组织的培养下，逐渐成长为一名较出色的群众抗日斗争带头人。

随军南下

1945 年 5 月我认识了时任溧县政府警卫团副团长的许荣柏。9 月，溧阳整个区委工作人员向长江以北撤离，成立了工作大队。渡江后到了淮安地区，环境相对稳定了，经组织批准，我与许荣柏结为夫妻。后部队整编，地方武装编为主力，许荣柏调入 70 团，我也由工作大队转入部队工作，到 70 团团部任支书。

半年后，我怀孕了。因部队行军打仗，我在团里行动不便，上级调我去了卫生队任支书。苏中七战七捷后，1946 年 9 月 6 日，部队路过淮安蛇峰庄，我生下了第一个孩子，也就是我的大儿子，为纪念儿子的出生地，将孩子取名为许小峰（后改为许峰钦）。产后第三天部队就向北转移，这时许荣柏奉调六纵队，于是我也随调到了六纵队后方家属队。

到六纵队后方家属队后，我负责党支部工作兼排长。虽说是后方，但行军却相当频繁，前方部队向哪个方向运动，后方家属队就随之移动。我背着孩子经常是日夜兼程，风里来雨里去。1949年1月29日，我的老二出生了，也是男孩。当时部队正在做渡江战役准备，老二取名为许小江（后改为许涌江）。而后的行军中，就是由勤务兵挑着萝筐担子，一头坐一个孩子，跟随部队前进。这副担子从山东开始挑，渡过长江后，又随南下支队一路南下，一直挑到了江西。

新中国成立初期，1950年3月，我与丈夫许荣柏一起由部队转业到铁路工作。我正好29岁，经鉴定，我的伤残定为二等甲级，但当时我觉得自己还年轻，刚到铁路工作就是个残废人不好开展工作，便主动要求降低残废等级，拿最低的残废金，后定为三等乙级。

我从秀丽的江南水乡走出来，经历了艰苦的抗日战争，跨越了炮声隆隆的解放战争，为了新中国，将美好的青春留在了战火纷飞的年代。为此，我感到骄傲！

整理：许涌江

编辑：李新民

往事追忆

顾国福

　　口述者简介：顾国福，1928 年 9 月出生，江苏连云港人，1941 年 11 月入伍，1943 年 6 月加入中国共产党，入伍初期任县政府勤务员、县游击队通信员。皖南事变后，在新四军三师十旅二十九团警卫班任警卫员，参加过高杨战役、阜宁战役和两淮战役。抗战胜利后随部队进入东北，参加过四平保卫战、辽沈战役和平津战役，并担任东北军区后勤部 1 分部指导员。新中国成立后，在中南军区后勤部任助理员，负责郑州等车站的支援朝鲜战争后勤调度工作。1953 年进入南昌文化学校学习，两次荣立三等功。 1955 年授大尉军衔，1959 年晋升少校。1962 年 5 月至 1964 年在后勤学院指挥系学习，毕业后在广州军区后勤部先后任科员、保密室主任、105 兵站副站长、21 分部司令部副参谋长、参谋长、正师级顾问， 1983 年离休。

从走上革命道路说起

　　我于 1928 年 9 月 19 日出生在江苏连云港中云台山脚下的一座小山村，家里还有祖父顾广玉、父亲顾学诗、母亲顾杨氏、姐姐顾巧云、哥哥顾国全、大弟顾国奎、二弟顾国财。祖父和父母都是老实本分的农民，家里有 4

间平房、两亩半地，另外还租了地主家的 5 亩地，主要靠种地来维持全家生计。后来地主家把地收回，靠种自家地已无法维持一家 8 口人的生活，家里长辈就把自己家的地也卖掉一亩做本钱，靠父亲做点粮食买卖来度日。但仅靠做小买卖其实也保证不了全家人的温饱，每天能喝上两顿稀饭就算是不错了，常常免不了要忍饥挨饿，更顾不上穿像样的衣服了。记得小时候父亲穿过 3 年的棉袄，母亲改了给我穿两年，缝缝补补以后又给弟弟穿。自从日本鬼子在连云港登陆以后，世道混乱，人心惶惶，汉奸土匪到处抢劫，在城里做买卖的商户大部分关门闭户，父亲怕做生意把本钱给赔了，不敢出去做小买卖，但是家里没有积蓄，坐吃山空，很快就把老本吃光了。

记得 1940 年快要过春节的时候，父母将家中所有值钱的家产卖掉还债，又非常艰难地熬过了一个冬春。到了 1941 年秋天，就在全家走投无路被迫要外出逃荒的时候，听说表舅陈开通（后改名陈真）在淮海解放区工作，父母决定，除哥哥、姐姐留在家里看门外，其余人前往投靠表舅。到了解放区后，我们在汤沟附近找到了一个安身之处，又从县政府借到了一些粮食，总算度过了最艰难的日子。在我们全家安定下来后， 1941 年 11 月，表舅把我介绍到县政府财政科做勤务工作。由于母亲对我要求严格，所以我从小就能帮助家里干活。再加上表舅的教育引导，知道在革命队伍里要守纪律，在工作上要有进取心，虽然当时我年纪小，但做事勤快，从此我便正式参加了革命工作。

皖南事变后，为了补充部队兵力，区中队上升为主力部队，因为我年纪小，部队把我编在一支队三团（后改为新四军第三师十旅二十九团），并留在团部通信班任通信员。1943 年 5 月，经组织批准，我加入了中国共产党。年纪小也有小的好处，不容易暴露身份，在日本鬼子扫荡最残酷的时候，我经常接受任务去侦察敌人扫荡的路线和兵力，多次受到团首长的表扬，接着从通信班调到团部警卫班任警卫员，参加过高扬战役、阜宁战役和两淮战役。在抗日战场上，曾用步枪狙击 1 名日军指挥官、用手榴弹炸死拒不投降的几个日本兵。1945 年 9 月，抗战胜利后随新四军三师 3.5 万人从苏北步行进入东北，参加过四平保卫战、辽沈战役和平津战役等战役战斗。1947年在东北军区后勤部一分部任副指导员，后任指导员。

新中国成立后，我负责郑州和邢台车站部队北调和支援朝鲜战争的保障工作。1953年，我到南昌文化学校学习，并两次荣立三等功。其间，经组织批准，我回老家与陈桃霞完婚。学习结束后我到广州军区后勤部办公室任科员。1955年授予大尉军衔，1959年晋升少校军衔。1962年至1964年我在中国人民解放军后勤学院指挥系学习毕业，历任广州军区后勤部保密室主任、后勤部105兵站副站长、后勤部21分部司令部副参谋长、参谋长、顾问等职，其间曾经组织工作组到驻粤东海空军开展联勤专题调研，提出通用物资由战区统一管理供应的建议，后经试点，军委批准在全军推广。1983年按正师级待遇离休。

在没有到离休年龄前，由于工作需要，我还担任机关离休老干部党支部书记，协助做好分部及一些基层单位的离休老干部建点、进点的工作，并帮助解决离休老干部的一些实际问题。从1991年开始正式在广州军区联勤部沿江东路干休所离休。我曾获得过独立功勋荣誉章和胜利功勋荣誉章。2015年获中共中央、国务院、中央军委颁发的中国人民抗日战争胜利70周年纪念章。作为一名新四军老战士和老党员，我与新中国的脉搏是一起跳动的。离休后，我不仅继续关注党和国家的大事，注意发挥自己的余热，而且积极向有关方面建言献策，热心老干部的各种活动；我继续关心青少年健康成长，积极向有关方面建言献策，在《羊城晚报》《老人报》等报刊上发表过100多篇文章，多次被评为优秀党员和先进老干部。

回顾自己的人生和工作经历，我由衷感谢党组织的培养教育，感谢战友和同志们的支持和帮助。这使我从一个不懂事的娃娃成长为一个真正的革命者，使我的人生之路充满了精彩，让我充分感悟到把个人的命运融入国家和民族的命运之中是何其幸福和骄傲。

参加淮海区反"扫荡"斗争的回顾

1942 年 11 月，日军在我淮海区大举"扫荡"，先后出动的兵力有日军第十七师团藤源联队，伪军李实甫和徐继泰两部及伪地方武装，共约 1 万人。敌人采取步步为营的碉堡政策，以沭阳为中心向四面伪化，不到 3 个月就把淮海区分割成四大块，妄图置我抗日根据地军民于死地。

针对敌强我弱的形势，淮海区党政军领导决定采取对策，按被敌人分割的四大块地区，组织四个中心县委（灌沭、泗宿、潼宿海、淮涟），将新四军三师十旅和七旅二十一团一营同县以上的地方武装合编，组成 4 个支队，由各中心县委直接指挥，坚持各地斗争。

最让我们刻骨铭心的是悲壮的刘老庄白刃战。1943 年 3 月 18 日，新四军三师七旅十九团四连 82 名指战员，在指导员李云鹏和连长白思才的指挥下，为了掩护主力部队及地方党政机关的安全转移，为了保卫当地老百姓的生命财产，他们在淮阳北部的刘老庄与日军进行了整日顽强战斗。终因寡不敌众，最后全部壮烈牺牲。战斗从拂晓打响，敌军多次向四连阵地发动猛攻，四连指战员沉着而有效地打退了敌人的一次又一次冲锋。几个小时后，日军见久攻不下，便集中了五门山炮和重火力武器对四连不到百米长的阵地进行毁灭性轰击。一瞬间，四连阵地上成了一片火海。接近黄昏的时候，炮击停止了，敌人的步骑兵向四连阵地压过来，此时，全连只剩下 20 多人，其中还有不少轻重伤员，加之战士们整天滴水未饮，粒米未进，战斗力大大减弱。面对如此严酷的现实，战士们在指导员的指挥下，毫无惧色，立即烧毁文件，拆掉机械零件，步枪装上刺刀，等待着与敌人同归于尽。敌人涌上来了，在一片喊杀声中，四连的勇士们端起刺刀，跃出战壕，和敌人进行最后的决斗。刀光闪闪，杀声震天，一场悲壮的白刃战，终因敌我力量悬殊而失败。当敌人走进阵地寻找"战利品"时，却找不到一片完整的纸张，一支完好的枪支，只好拖着 170 余具日伪的尸体和 200 多名伤残人员退回原地。为此，三师师长黄克诚为他们题词"英勇战斗，壮烈牺牲，军人模范，民族光荣"。

我从自始至终参加了淮海区一支队地区的反"扫荡"斗争，经历了高扬和淮阴等战役，以及大伊山叶圩子战斗。当时，一支队活动地区的敌情是严重的。敌人从徐州方向集结日军一个加强大队，有日军四五百人，配合的伪军也有几百人，经沭阳城向我一支队和灌云县机关所在地李庄、平墩一带进行"扫荡"。另一路敌人则从大伊山向我根据地进攻，矛头是一支队及其领导机关。敌人每到一处，均实行残酷的杀光、烧光、抢光的"三光"政策。高沟、杨口、响水口被伪化了。敌人建立了大大小小的据点，对我们一支队的活动构成了严重的威胁，给我们造成了相当困难的局面。中心县委和一支队根据这一情况和淮海区领导的指示，采取一系列新的对敌斗争措施。具体措施包括：

主力部队地方化，在指定地区积极开展武装斗争。新四军三师十旅，原是四师建制，在抗战开始时，在安徽作战中伤亡太大，部队缩编为两个团四个营。刘少奇政委到新四军工作后，了解到淮海区地方党委和政府建制健全，人民群众基础较好，对十旅恢复元气有利，他和陈毅、黄克诚研究决定将三师九旅和四师十旅对调，并在淮海地方党委统一领导下，实行地方化。同时规定了县以下武装的任务，即及时掌握敌人动向，争取主动打击敌人。从主力部队抽调一部分干部"化"到各地方武装里去，形成县有独立团、区有中队、乡有民兵联防队、庄有民兵基干队的地方武装体系，要求他们分片分类看守、包围敌人。这样，当敌人一出据点，我们就知道了情况，再根据敌人兵力大小，研究不同对策，主动打击敌人，不让据点里的敌人抢运粮食。小股敌人出据点，民兵游击队就可以消灭他们。若有大股敌人出动，即报告主力部队，通报友邻，监视其行动。在斗争最激烈最艰苦时期，白天是敌人的天下，夜晚就是我们的天下。几乎每天夜里，我们的游击队、民兵都是主动地出去打击敌人，打得敌伪军提心吊胆，不敢出来。持续不到两个月，鬼子因为受不了就精疲力竭地返回原处，大部分伪军也乖乖缩回了"乌龟壳"。

组织好联防，发动群众展开人民游击战争。也就是划分联防区，保障人民生命财产的安全。个别斗争激烈的联防区，抽调主力部队的干部一直"化"到区、乡，甚至民兵基干队，以组织发动群众开展人民游击战争。灌沭中心县委书记兼一支队政委张克辛在沭五区主持召开会议，研究联防区的划分。如灌一区新北、糊坊、剑中、徒北四乡为第一联防区；民治、华丰、李集、沭东四乡为第二联防区；河西、太平、红桥三乡为第三联防区；条河、公关两乡为第四联防区。形成庄与庄、乡与乡之间联防的态势，阻止敌人偷袭、保护人民财产安全。同时各庄相互协调，相互呼应，实行空室清野，藏起粮食，让敌人找不到吃找不到喝。开展破路、修交通壕沟，把庄与庄连接起来，还要求各庄把狗都打死，以便于我军隐蔽行动。当敌人出动，我们就以麻雀战、地雷战和庄自卫战的打法对付敌人。如1942年冬，徒沟伪军三次攻打东于庄，前两次被我联防武装击退。敌人又组织第三次进攻，我联防武装选用防御工事，灵活机动地打击敌人，使敌再次遭到失败。为了部队发展壮大，在联防作战时实行主力部队和地方部队合编，这样既壮大了主力部队的力量，又培养提高了地方部队的战斗能力。

集中支队的主力部队，有计划地组织实施反击战。主要是先从孤立、突出的小据点"开刀"，条件成熟一个拔掉一个，像吃西瓜、摘桃子一样，看哪个先熟先吃哪个，哪个好吃就摘哪个。1943年4月，我主力部队对敌人的重要支撑点北六塘河南岸三连五庄发起进攻，经一昼夜激战，攻克了该据点，全歼守敌。此战对东灌沭地区军民鼓舞很大，紧接着乘胜攻克了六塘河北岸的周口、葛庄、前兴、石门口、荡壕、圩庄、范场等一系列据点，打开并稳定了东灌沭地区的局面。我们的战术非常灵活，有时采取"围城打援"，有时强攻据点。如三团攻打大伊山，歼灭灌云伪保安队第二大队伪区、乡的武装，击毙大队长李子玉以下80余人，生俘大队副以下200余人，并击毙日军盐河护航小队长以下20余人。与此同时，还发动塘沟、钱家集、高扬、淮阴等战役战斗。高杨战役中，我一支队和兄弟部队一起，攻克据点14处，全歼伪军一个旅又一个大队共2000余人，毙伤新安镇等地出援之日军140余人，收复六河塘两岸地区，使淮海、盐阜两分区完全连成一片。敌人为了保住沭阳这个中心据点，派出鬼子两个加强小队，想在沭阳城西叶圩子、城南十字桥各安一个据点。但是，叶圩子据点刚安上不久，就被我主力打掉了。十字桥敌人见势不妙，拔腿跑回了沭阳，逃避了灭顶之灾。从此，沭阳城变成了孤点。在区、乡游击队和民兵的配合下，淮海区全民性的反击战打了一年，消灭日伪军一万多人，我们反"扫荡"的斗争取得了伟大的胜利！

此后，根据华中局的指示，恢复主力部队以便在更大范围内作战，全区开展了轰轰烈烈的练兵运动，也叫建立模范兵团运动，一支队还派了一个连为代表参加淮海军分区模范兵团检阅大会。淮海区地方武装经过练兵整训后，开始升级，民兵基干队升为乡联防队，乡联防队升为县独立团，县独立团升为主力部队。十旅的番号恢复了，又以二支队三支队为基础，组织了一个独立旅。十旅进淮海区时，才2个团4个营，后来发展为6个团18个营，人数由原来3200人扩大到15000人。抗日战争结束后，这支部队便开赴东北，迎接新的更伟大的作战任务。

回忆苏北高杨战役和阜宁战役

1944年4月，淮海区局部开始反攻，首先发起高沟、杨口战役。高沟、杨口是江苏省灌云县、新安镇（今灌南）之敌伸向西南的主要据点。高沟位于新安镇西南20公里，杨口在高沟西北5公里，该地区日军撤走后，伪军36师72旅及地方反动武装共2000余人防守，并以高杨为核心在四周安设了数十个据点，进行坚固设防，妄图控制盐河、前后六塘河的交通与沭阳之敌遥相响应。

为打通淮海区和盐阜区交通线，我淮海军分区第一、二、四支队和七旅20团参加了高杨战役。刘震旅长决定以四支队首先攻克高沟据点，以一支队牵制杨口等地之敌，而后集中兵力会攻杨口。高沟守敌共1200余人，在镇四周筑有 5 米多并附有地堡的圩墙，墙外设有外壕和鹿砦，镇内有地堡、炮楼连成 7 个支撑点，北门为敌防守重点。四支队受领任务后，对敌情、地形进行周密侦察，具体部署了兵力。4 月 20 日晚，开始发起战斗，至 21 日下午，11 团从西南面突入镇内。22 日上午，新安镇及丁头庄日军 50 余人、伪军 600 余人增援高沟，我 10 团、12 团在奇庄东北地区，以伏击和白刃格斗将敌人击退。23 日上午，新安镇、杨口之敌 800 余人分三路再次增援高沟，10 团、12 团主力于洪凹子、肖庄一线阻击对我威胁最大的新安镇来援之敌，12 团二连连续击退敌人 7 次冲击，子弹打光后，在连长率领下勇猛冲入敌阵，与日伪军开展激烈搏斗。激战 5 小时，该路敌人被击退，我 40 余名同志壮烈牺牲。另两路援敌进入高沟，11 团经数小时的顽强搏斗，守住阵地，夺占了东门。24 日中午，12 团和涟县总队又击退了杨口之敌 200 余人的增援。当晚 10 团 12 团向北门守敌发起三次攻击，给予敌军大量杀伤。25 日，守敌向北突围，我军趁机突入北门，又歼敌一部分，逃敌被歼灭于南六塘河及其南岸，高沟战斗胜利结束。

敌杨口据点，由杨子街、新宅子、王行庄三个支撑点构成，其防御设施类似高沟。4 月 24 日，一支队为配合高沟战斗，向杨口外围据点发起了进攻，一团肃清了王行庄北面外围之敌，三团肃清了王行庄南侧的警戒部队，并击退了杨口两个营的增援。25 日黄昏，一团对王行庄之敌发起进攻，敌突围南逃被三团全歼，杨子街、新宅子之敌遂陷于孤立。25 日夜，2 团将杨子街之敌包围，旅长急令七旅 20 团和二支队 5 团 6 团赴杨口参战，以一支队 2 团 3 团担任主攻，先打杨子街之敌，再打新宅子之敌，一支队 1 团、二支队 6 团，以及四支队各团阻击可能来援之敌。27 日黄昏，2 团 3 团分别从东面南面和北面向杨子街发起攻击，迅速占领东面 4 个大炮楼，并向街中心及两侧扩展，将敌分割成南北两块，28 日 10 时，新安镇日军 100 余人、伪军 400 余人出援被四支队勇猛击退。黄昏，杨子街残敌待援无望，于是向我军投降。30 日，刘旅长调整部署，以 20 团接替四支队阵地，四支队接替 1 团 6 团阵地，以 1 团担任对新宅子的主攻任务，其余各部于指定位置警戒待命。5 月 12 日，1 团攻击新宅子之敌未果，20 团主力 15 日接替攻击任务，在炮火支援下，该团于翌日 15 时向敌发起攻击，仅 10 分钟即突破敌防御，迫使敌 143 团团长及短枪队 40 余人投降，我军胜利占领新宅子据点，历时 16 天的高杨战役胜利结束。高杨战役共攻击大小据点 14 处，拔除炮楼 150 余座，全歼敌伪 2000 余人，毙日伪军 140 余人，缴获长短枪 1160 支，轻机枪 11 挺，炮 3 门，及其他军用物资。这次战役的胜利，恢复了六塘河两岸的正常，使我淮海盐阜两区连成一片，改变了苏北抗日斗争的局面。

1945 年 4 月，当时任新四军三师参谋长的洪学智亲自策划和指挥了阜宁战役，他首先对敌人兵力做了了解，又对我方情况做了调整，知道我们部队经过反"扫荡"锻炼有了实力，再经过权衡利弊得失，得出结论后向黄克诚师长汇报，决心打阜宁。师党委研究同意后，八旅和十旅一、四支队发起这次战役，我当时在十旅一支队，也参加了这场战役。战斗打响后，先肃清外围据点，然后乘机攻城，整个战役从 4 月 24 日开始到 26 日结束共历时 36 小时。这次战役取得了辉煌胜利，全歼伪五军军部 2 个师 7 个整团 3000 余人，解放阜宁，攻克大小据点 21 个，收复土地 1000 多平方公里。5 月 11 日在东沟广场召开了有 5 万军民参加的庆祝大会，军民喜气欢乐的景象给我的印象很深刻。我当时就认为，洪学智参谋长策划有功，黄克诚师长指引有方，加上战士们的勇敢战斗，阜宁战役取得胜利那是必然的。

到东北接受新任务和在齐齐哈尔的日子

抗日胜利后的 1945 年 9 月，接朱总司令命令，调新四军三师 35000 多人到东北地区执行新的作战任务。9 月 28 日，我们十旅走在全师的前面，担任开路先锋，刚过陇海铁路，就与守铁路的敌人打了第一仗，把守铁路的据点拔掉了，我们牺牲了一个连长。10 月 12 日到了山东的临沂地区，部队进行了休整，补充了粮食。陈毅军长从延安赶来给排以上干部做思想动员，要求做好艰苦作战的思想准备。当时有一些人嫌离家太远就开了小差，我们团三营副营长陈泰刚结婚不久，就因为恋家而开了小差。经过一个月的行军，11月10日到达河北三河、五田一线后又休整了两天。原来我们准备从山海关进入东北，因山海关杨国夫师与国民党的汤恩伯部5万余人正在作战，我们改从喜峰口、冷口出关进入东北。

1945年11月25日，到达东北锦州附近江家屯，准备拦截国民党部队。我们三师全部，梁兴初师和其他兄弟部队，都埋伏在铁路附近的山头上，准备消灭从山海关过来的敌人。当时我们部队刚到东北，没有根据地做依靠，官兵十分疲劳且得不到给养补充，上级命令不打了，看着敌人用火车运兵到锦州。上级指示我们团离开锦州赶在敌人前面强占义县，我们离义县有100多公里，敌人只有40多公里，我们连夜前进。行军时前面小跑，后面就得放开跑，部队最后面的三营，跑步累死了三个战士，我们终于抢先到了义县。

根据毛主席1945年12月28日发出的关于"建立巩固的东北根据地，让开大路，占领两厢，逐步积蓄力量，准备转入进攻"的指示，团部做出部署：一营守火车站，二营守北门和东门，重点是东门，三营守南门和西门，师部和东北民主联军总部也在义县北三十公里处驻守。国民党集中一个军的兵力进攻义县，我们团打了几天，伤亡很大，主动撤离义县，敌人一直在后面追，把我们逼到内蒙古。由于人烟稀少，说话也不懂，大家情绪出现波动。部队又重新做了动员部署，命令独立旅旅长吴信泉统一指挥，积极开展对敌斗争，消灭敌十三军石觉部一个营和新立屯以北的泡子车站一个营，鼓舞了部队的士气。

1946年1月12日，新四军三师和西满军区合并，李富春任分局书记，黄克诚任分局副书记兼军区副政委，部队驻郑家屯后转移到白城子。1946年3月18日，苏军撤出四平，让国民党抢先占领。我十旅趁敌立足未稳，下决心攻打四平，把四平打下来了，还俘虏了几千人，缴获大量武器装备，并将部队重新部署在开原一线，守卫铁路、县城，以阻敌北进。敌人的多次进攻都被我们打退，由于友邻没有守住阵地，上级命令我们撤出开原，到四平外围八面城以南地区，并集中梁兴初的第一师、罗华生的第二师，以及三师七旅、八旅、十旅、独立旅，以绝对优势兵力，将敌陈明仁的第71军87师围歼，俘敌45000人，击落敌机一架，击退了国民党军队的第一次进攻。由于敌人不断增加兵力，且武器装备强大，最终我们没能守住四平，主动撤了出来。这次战斗我们伤亡挺大，我们团长、政委都受伤了。

四平一战后，我们旅接上级指示，插入敌人后方地区作战。我们29团走在全旅的前面打前站，28团、30团后续。当时的战场环境十分恶劣，四面都是敌人，加上是夜间行动，敌人打美式的曳光弹，造成28团、30团误会，没能及时跟上来。我们四面受敌，他们又上不来，部队伤亡很大。由于打四平时团长王凤于负伤，政委田养泉病重，两位首长同时转移到齐齐哈尔后方医院。我作为团警卫排长带着警卫员时洪礼、伏采云以及通信员、炊事员一起前往，负责首长的生活和安全。

战争年代的后方医院，不同于现在，只是相对来讲没有战事，有医生治病，但是条件很差，甚至吃饭都成问题，还会受到敌人偷袭。为了首长生活和安全，我们千方百计想办法，没有吃的去找些吃的，没有柴火，我们去原来日本人住的兵营里捡些木板来烧。

1946年10月，田政委病愈后调到西线兵站部工作，我也去了兵站部机关任副指导员。1947年2月我又被调到辎重大队二中队任指导员。作为指导员，领兵打仗没问题，但是要给战士上政治课，我自己认为文化程度低，怕胜任不了，就请二排长孙影光同志代替，他是抗大毕业的知识分子。本来也没什么问题，战争年代很正常，但中队有个别干部不满意，发牢骚，乱议论。后来我知道后，就向政委提出要求去学习。政委对我说，大队领导反映你工作不错，能够深入战士中间做工作，在群众中有威信。上课的事，可以发挥他们的作用，你也可以在工作中学习，还送了本小字典给我。田政委还说，教育部队战士，不光是读报纸和参考材料，还要掌握战士的思想情绪，针对不同思想进行教育更为重要。做什么工作都会有困难，只要有克服困难的决心，就什么困难都能克服。经过政委的指点，我经常利用工作之余抓紧时间学文化，不认识的字向二排长和文书请教，经过一年时间的学习，我认识了一千多个字，一般的报纸、文件资料都能看懂并理解其中的意思，也可以拿材料给连队上课了。

二中队后来改为辎重一团二连，何永生调职，新调来连长殷其华、副连长阎振山。连长的个性很强，他自己说，原来和他一起工作的同志，只要不以他的意见办，他就发脾气。刚来时，我和他研究工作，也曾经和他发生过矛盾。为了连队的工作，我和副连长想办法，在研究工作之前，先和他通气，争取他的意见，避免在研究时发生矛盾，伤害彼此的感情。在贯彻上级指示时，由他提出贯彻意见，我们做补充，并善意提出我们的看法，调动整个连队的积极性。时间一长，连长主动找我们商量工作，由于我们的表率作用，这里的干部之间、官兵之间上下团结，我们连队得到团政委陈友生在全团干部会议上的表扬。

参加辽沈、平津战役

1948年9月10日我们接到命令，根据毛主席关于"封闭蒋军，在东北加以各个歼灭"的方针，我们在东北的部队迅速南下，准备打锦州。当时敌我之间的兵力是：敌军55万人，分布在长春一个兵团两个军6个师约10万人，由"东北剿总"郑洞国指挥，被我军团团围住；沈阳两个兵团（八、九兵团）8个军24个师30万人，由东北"剿总"司令卫立煌直接指挥；北宁线（北平至沈阳铁路、山海关至义县路段）有敌第六兵团4个军14个师15万人，主力驻守锦州，由"剿总"副司令范汉杰指挥。敌人困守在沈阳、长春、锦州三个相互不能联系的孤立点。我们东北部队有12个纵队、一个炮兵纵队、一个铁道兵纵队、17个独立师共70万人，加上地方部队30万，一共有100万兵力。主攻锦州的敌军部队共有5个纵队、1个预备队、1个炮兵纵队，10月9日外围战开始打响。在蒋介石多次催逼之下，沈阳廖耀湘兵团出兵援锦，但在新民地区完成集结后便犹豫不决，5天后才开始向彰武方向前进。由于我十纵队在黑山、大虎山阻击，打得很顽强，始终未让廖兵团向锦州方向前进一步；蒋介石从华北调来的援兵也叫东进兵团在塔山方向也被我军挡住，从而保障了攻击锦州部队的安全。我军10月12日打下外围，14日攻城打开10个突破口，15日傍晚打下锦州，消灭敌人10万，俘虏范汉杰。我们辎重一团二连在锦州外围担任后勤保障工作，主要负责为西线打援部队运送弹药和转移伤病员，锦州攻下以后，负责打扫战场，缴获了大量战利品，特别是罐头食品，我们把这些东西迅速补充到部队。锦州是东北的咽喉，这次胜利为以后的战役打下了基础。

在长春方向由于我军强大的政治攻势，争取到敌61军曾泽生将军率部起义，郑洞国知道突围和困守都没前途，于是经与我方谈判并于19日命令剩余部队放下武器，至此，长春守敌被消灭。

我军打锦州的六个纵队和打援的两个纵队乘胜追击，18日分三路向黑山、大虎山前进，22日包围了廖耀湘兵团。同时派辽南独立二师去占领营口，堵住敌军海上退路，但被敌52军抢了先机，控制了营口。25日廖兵团发现被我军包围，马上南逃，在去营口途中与因未占领营口、奉命返回参加辽西会战的辽南独立二师碰上，敌军大乱。26日我军完成了对敌军的分割合围，消灭了廖耀湘兵团部，敌人失去了指挥，28日廖耀湘兵团被全部歼灭。辽西会战后，"剿总"司令卫立煌跑到了锦西，把指挥大权交给周福成。11月1日，我军对沈阳发起进攻，敌人中有一个师搞假投降，被我军识破歼灭，沈阳解放。营口敌52军匆忙乘船逃跑，跑了1个军部、1个师部、3个团，未来得及跑的被我军歼灭。整个战役共歼敌47万人，辽沈战役胜利结束。

平津战役从1948年11月29日开始到1949年1月31日结束，前后约两个月时间。敌人在华北的"剿总"集团有4个兵团12个军44个师，连同他们的保安团共60万人。我们有两个野战军，即东北野战军和华北野战军。东北野战军有12个纵队、1个特种兵纵队、1个铁道兵纵队，共80多万人；华北野战军有20多万人，合起来共100多万人。

辽沈战役结束前，军委命令在塔山担任阻击后得到休整补充的四纵和十一纵先遣入关，我们后勤一分部也提前入关，进行后勤保障的准备工作。其他部队在 12 月 8 日前后入关。3、5、6、10 纵队沿 4、11 纵队路线入关后，包围北平方向的敌人；1、8、9 纵队从喜峰口、冷口入关，2、7、12 纵队、特种兵纵队从山海关入关后，完成对天津方向的敌人包围。军委指示，我们的目的不是先包围北平，而是先包围天津、塘沽、芦台、唐山诸点，不让敌人从海上逃跑。要抓住傅系拖住蒋系，稳住敌人，以待东北主力入关后形成战略包围分割，逐个消灭。6 纵在包围北平过程中，发现南苑机场有很多汽油，害怕敌人飞机轰炸。首长就命令我们连队参加搬运、疏散油桶的任务。

我军 12 月 2 日攻打新保安，3 日消灭敌 35 军，端掉傅作义的老本。24 日华北二兵团和东北四纵队歼灭张家口准备突围之敌。1949 年 1 月 3 日扫清天津外围，1 月 14 日发起总攻，15 日解放天津，把北平完全孤立。在我军集中 10 个兵团的强大军事压力下，16 日向傅作义发出最后通牒。22 日傅接受我方条件，其部队接受改编。31 日我军进入北平，伟大的平津战役结束，共歼敌 52 万多人。

辽沈战役、平津战役结束后，四野部队经过短暂休整，即根据军委的命令，踏上了解放全中国的南下征途。兵马没动，粮草先行。我们作为后勤保障的运输部队，常常跟在前锋部队后边开进，沿途设立供应站，负责大部队的给养保障。就这样，一路保障到解放海南岛，一路保障到新中国的成立。

参加粤东地区陆海空三军统供试点工作

新中国成立后，我一直在部队后勤部门工作，为部队后勤建设做出了自己的贡献。我在担任广州军区后勤部 21 分部司令部副参谋长期间，根据总后和军区后勤部首长的要求，在粤东地区试行陆海空三军划区统供试点工作，成立试点工作组，肖建副部长任组长，我任副组长，各相关业务处长都参加。由我到驻粤东各部队了解情况，征求他们对统供工作的意见，并在陆军试点的基础上进一步在海军和空军试点，最终形成试点经验上报军委批转全军试行。

一是试行三军统一供应的基本情况。

1970 年 5 月 1 日，根据总后和军区的指示，在粤东地区开始试行陆海空三军划区统一供应，到 1975 年 11 月已有 5 年半时间，这项工作是在陆军部队实行划区供应的基础上发展起来的。1964 年起，21 分部开始对驻潮汕地区的 41 军试行供应，从凭票（证）供应，统筹代供，到全面统一供应。1970 年 5 月 1 日起，军区制定粤东地区陆海空统一供应方案，除 55 军军直、163 师、164 师、164 师继续由分部供应外，还有驻粤东地区的海军、汕头水警区空 12 军军部、空 35 师（兴宁站）、雷达 19 团、空军汕头场站，共两个军部，5 个师级单位，2 个独立团。方案规定统一供应的项目有正常经费、通用装备维修和通用备装物资、医疗卫生、运输补给等。就分部本身来说，几年的试点主要做了三项工作。

第一，反复抓思想教育，不断提高对三军统一供应的认识。试行三军统一供应的工作后，分部党委和大部分同志认识到，三军统一供应是落实毛主席关于"要准备打仗"的重要措施，对加强战备，做好反侵略战争的准备，都有着重要意义。同时，上级党委确定在粤东地区试行，也是对我们的信任。但在试行初期，由于没有经验，少数同志存在畏难情绪，怕分部人少、物少、供应工作不到位，怕对海、空部队的实际情况不了解，处理不当影响关系。为了解决认识问题，增强做好统一供应工作的信心，我们采取举办所属单位领导和有关人员的学习班；请做得好的同志上门传经送宝；派调研组到供应部队学习、征求意见、听取批评，不断改进，克服畏难情绪，做好统一供应的试行工作等措施，基本达到目的。

第二，派出各种类型的后勤工作服务队，向部队学习为部队服务。按照军区后勤部首长的指示，为了保障部队的移防、野营训练、生产和分散执勤的需要，通过部队协商，组织后勤服务队，深入基层单位，为部队服务。在统一供应的 5 年时间里，仅装备修理服务队就派出 14 个，为部队基层服务达到 13090 天，汽车大修 34 台，保养 600 台；举办医生、化验、药材、军械、油料、军需、财务等各类业务人员集训班 32 期，培训业务骨干 173 名。不仅密切了相互之间的关系，还解决了统一供应中的一些实际问题，培养了部队的好思想、好作风，学到了好经验，锻炼了分部的保障能力。

第三，调查研究，熟悉部队情况，加强计划性和针对性。几年的实践，让我深刻认识到，搞好调查研究，熟悉部队情况，对做好供应工作是十分重要的。为了熟悉情况，我们学习了空军的标准、制度及其特点。在统一供应初期，机关各业务部门，每年两次到部队了解情况，组织人员送物、送票证、审批报表到部队，既方便了基层部队，又使统一供应工作有计划性和针对性，做到了急部队所急，供部队所需。如 164 师、165 师部队移防，牛田洋部队参加"双抢"，分部都能及时从经费、物质上注意解决问题，并适时派出后勤服务队，及时做好后勤保障工作。

二是实行三军统一供应试验的结果不仅有利于部队的建设和战备需要，也锻炼锤打了分部自身。

其一，密切分部和部队的联系，锻炼了分部的保障能力。在未实行划区供应前，各部队按建制系统实施后方供应，分部与驻军各部队工作上的联系比较少，对海军、空军部队的编制、任务、驻防、供应特点根本不了解。统一供应后，分部与部队的联系多了，情况也逐渐有所了解，从而密切了部队与分部的关系。平时有了联系，战时就可以更好地做好后勤保障任务。分部及所属分队，通过执行野营训练、演习、物质收发、装备维修、卫生医疗等后方保障任务，逐步熟悉了战区和部队的情况。

其二，就近取材、节约人力、物力和运力，方便了海军、空军部队。粤东地区的海军、空军部队的特点是技术分队比较多，分布面广，补给线长，交通条件差，给后勤保障带来一定困难。试行三军统一供应后，部分物资由分部供应，各部队可以就近领取，也可以由军区直接送至被供单位，还可以有计划地搞一些代储代供，从而减少领、运手续，避免车不满载，船不满仓的现象，节约了开支，防止了浪费。

其三，实行划区医疗，方便了海空部队伤病员的治疗。粤东地区没有海、空军医院，过去他们的伤病员都要送到广州的海军、空军医院治疗，划区治疗后，分部所属医院对海军、空军的伤病员可以就近治疗。我们还经常派出医疗服务队开展卫生防疫工作，降低发病率，提高官兵的健康水平。

其四，有利于战备，缩短临战准备的时间。平时实行三军统一供应，不仅了解了部队的情况，训练了后勤部队的保障能力，而且还及早解决战时需要解决的实际问题，进一步落实了战备工作。1971年，我们在下基层服务时发现，有的部队弹药启封的较多，质量有所下降。为了保证战备弹药的质量，及时将启封的弹药转为训练弹，把包装整齐的训练弹调整为战备弹。这也保证了战备工作的落实。

三是在试验过程中发现不少需要研究解决的问题。三军统一供应工作虽然取得一定成绩，但有些问题如果不能很好解决，会影响统一供应工作的进一步开展。

其一，任务增加，但编制、体制不变，分部保障能力不适应。实行三军统一供应后，五项经费的供应，一年约3300多万元，部队占了83.6%（其中海军、空军占28%），分部占16.4%，在财务报表上海军、空军的项目增加了16个，供应量和工作量都增加了，机关、业务部门的编制没有变，经常要加班加点。

其二，供应的标准制度、管理方法不统一，给海军、空军部队增加了忙乱。因为在试行中规定的统一供应有一定的范围，对海军、空军来讲，统一供应后多了一个头，既要报分部又要报总后，一个文件两家发，一个报表两家填，要求不一样，规格不统一，从而增加了他们的工作量。

其三，经费、物质有些无来源，有的渠道不通畅，分部无法解决，影响了部队的建设。部队的包干经费在年初都按系统分走了，而给的机动经费有限，海军、空军的有些项目超支很大，如兴宁场站有个航油运输连，每年的维修费和油料超支 13 万多，统一供应的第一年，军区和分部多方筹措解决了油料超支，但并未从根本上解决问题。一直到 20 年后，中央军委将后勤部改为联勤部，正式实施三军统一供应。

我记得最后一次召开试点工作会议，总后工作组召集海军、空军后勤领导和广州军区后勤部柯副部长研究我们写的试点工作报告，海军、空军后勤部领导开始有点意见，他们认为如果同意了这个方案，有的经费和物资就要给分部，大家争论很激烈。问题集中在"谁出钱和出物资，从哪里找那么多钱和物资。"有的领导当时就说："你们都不同意，叫老顾这个材料怎么写？"会议休息时，我跟总后战勤部门的领导说："他们都不同意，是不是就算了？"他当时就回答："他们说的不算，根据你们试点工作的经验和总结的六条好处，这份材料要报军委，由军委定。"后来军委认为试点经验很好，批准全军推广。虽然推广工作一度因"九·一三"事件暂停，但这次试点工作摸索的经验对后来全军实行联勤统供提供了一定的帮助。

追忆几位新四军三师的老首长

怀念坚持实事求是、敢说真话的黄克诚师长

"皖南事变"后，黄克诚率领的八路军第五纵队改编为新四军第三师，他出任师长兼政委，并担任苏北军区司令员兼政委和中共苏北区党委书记。黄师长率部挺进苏北后，放手发动群众，实行减租减息，建立各级抗日民主政权，壮大了抗日武装。1944 年 4 月，他指挥苏北新四军部队发起高沟、杨口战役，拔除敌伪据点 14 处。随即，他又指挥苏北军民向苏北境内敌伪反

动势力发起一系列强大攻势，将淮海区内之敌分割包围在几个孤立区域内，并将抗日根据地边沿区推向陇海铁路。1945 年 4 月，他指挥三师发起阜宁战役，创造了当时苏北新四军部队大规模攻坚作战解放一座县城的战例。接着，他又率领三师主力、苏北地方抗日武装和民兵先后解放沭阳、宿迁、泗阳、涟水等县城，迫使敌伪势力纷纷向主要点线收缩集中，为新四军逐个歼敌造成有利态势。一直到抗战胜利，5 年里黄师长率部创建苏北抗日根据地，共作战 5 千余次，歼敌 6.5 万人，三师则发展到 7 万余人。那几年，我作为黄师长领导下的一名新四军第三师的战士，参加了他指挥下的一系列战役。近几年，我参加广州新四军研究会三分会后，更加怀念我们的敢说真话的黄师长。

1942 年 6 月，根据上级的部署，在紧张的反"扫荡"斗争中，黄克诚还领导了苏北地区和第三师的整风学习。他正确掌握党的政策，贯彻"惩前毖后，治病救人"和"既要弄清思想，又要团结同志"的方针，帮助广大党员和干部提高政治觉悟，调动了大家的革命热情和战斗积极性。但在 1943 年夏，中共中央华中局和新四军军部召开的联席会上，饶漱石布置要开展"抢救失足者"运动。听了这个布置后，黄克诚心里很不平静。他觉得有点像在中央苏区时打"AB 团"的样子。"AB 团"是当时国民党的反动秘密组织，"AB"系英文"反布尔什维克"的缩写。中央苏区打"AB 团"严重扩大化，株连和错杀了许多好同志，是我党历史上一个沉痛的教训。鉴于此，黄克诚便向华中局和新四军领导正式提出建议：现在对敌斗争紧张，华中地区不要搞"抢救运动"，以免伤害无辜同志。但"抢救运动"是上面布置下来的，不允许不执行。为了稳妥起见，黄克诚决定先在一个旅的小范围内搞试点。黄克诚找到几个被列入"抢救"的干部进行谈话，发现有的人乱供一气，不着边际；有的人一言不发，满腹委屈……一问，才知都是被逼出来的。他当即下令，停止搞"抢救"试点，人员统统放回，做好善后工作。并立即以苏北区党委书记和新四军第三师师长兼政委的名义，分别通知苏北各地县和本师各旅团，一律不开展"抢救运动"。在整个整风运动中，只搞正面教育，提倡主动反省，不准逼供、诱供。就因为这事，有人给黄克诚扣上了"右倾"的帽子。但一向遵从实事求是原则的他问心无愧，一笑置之。此外，黄克诚还帮助澄清了对新四军第七师政委曾希圣爱人的诬告。他曾经耐心地开导一些思想顾虑重重的同志说："要相信我们党实事求是的作风。你不要有顾虑，应该对组织讲真话，不能有半点虚假，否则既不利于革命，也害了自己和同志呀！"当时，新四军的干部战士们都非常感激黄师长这种不怕遭人议论、敢于追求实情、敢说真话的精神。

新四军第三师调入东北时，上级要求部队武器不带走，要交地方部队，说是东北的日军仓库有武器补充，黄师长不同意。事实证明，部队一到东北是没有武器补充的，部队还要作战。另外，部队刚到东北时的困难很多，人民群众对我们不了解，我们缺少人民群众的支援，伤员也没有群众的帮助救护。特别是当时东北天气寒冷，部队到这里有些不适应，连手套保护都没有。我的手也冻肿了，伤疤一直到现在还有。再如四平保卫战，和国民党八个军硬拼，结果伤亡很大，我们的团长王凤余负伤，团里伤员太多，后来不得不放弃四平。国民党军占领四平、长春之后，为固守其已占领的大城市，不得不分兵把守，致使其兵力分散，暂时无力向我进攻，而这正是我们休整部队、建立根据地的极好时机。于是，黄师长就向中央反映，部队应该深入农村和中小城市，发动人民群众，创建革命根据地，有人民群众支持的仗就好打，不能和敌人硬拼去争夺大城市。事实证明，黄师长反映的意见是正确的。

新中国成立后，黄师长的这种敢于追求实情、敢于说真话的精神没有变。他关心和维护人民群众的利益并多次向党中央反映实情，却被错误地认为是搞右倾，接着被打成"彭黄反党集团"的成员。当时我也因为反映了农村的一些实际情况，被划为有右倾思想，将我的发言整理发到后勤机关各学习小组，并调我到农场劳动改造一年。这时东南沿海形势紧张，我就要求到前线去任一个兵站的站长。后来平反了，整理材料不算数，也在档案里拿掉了。今天，在新的形势下，我深刻感到，我们应该更怀念、更需要提倡黄克诚师长这种坚持实事求是、敢追实情、敢说真话的精神，这也是我们党的宝贵财富。

深切怀念开创我军后勤工作现代化的洪学智上将

洪学智上将是我军现代后勤工作的开拓者。我作为一名后勤老兵和新四军老战士，深感他出奇的人生际遇和他对战争、革命和人生的深刻理解，虽然战争年代已经久远，但我仍然有着刻骨铭心的记忆。

1940年11月，洪学智率抗大总校华中派遣大队奔赴苏北抗日前线，冲破敌人重重封锁，途经陕、晋、冀、豫、皖、苏6省，于1941年4月到达江苏盐城新四军军部，全队无一减员，受到刘少奇政委、陈毅代军长的高度赞扬。在1941年夏季的反"扫荡"斗争中，他临危受命，掩护新四军军直机关和抗大五分校安全转移。1942年12月，他调任新四军第三师参谋长，协助黄克诚师长指挥了夏季攻势作战和苏北反顽斗争，胜利粉碎了敌人的"扫荡"，并歼灭大批日伪军，扭转了不利态势，巩固了苏北抗日根据地。1945年8月，苏北我军转入反攻，他参与指挥了解放阜宁、车桥、淮阴、淮安的战斗。我作为新四军三师十旅的一名战士，在阜宁战役听了黄克诚师长和洪学智参谋长的动员讲话，特别是他们关于建立了革命根据地就有了人民群众的支援、仗就好打的讲话，一直到今天我还不能忘记。

1945年9月，洪学智任新四军第三师副师长，同黄克诚师长一起率领我们进军东北，执行党中央"建立巩固的东北根据地"的战略方针，在极为困难的情况下疏通了承德到辽西的铁路，确保及时输送大批干部和部队进入东北。1946年2月，洪学智任辽西军区副司令员，在沈阳至长春的中长线上，参加了铁岭、昌图、金山铺、保卫四平等著名战役战斗，遏制了敌人战略进攻的势头。在四平保卫战后期，我们团的伤亡很大，团长受伤后，我作为警卫排长随团长和田养泉政委到了齐齐哈尔，后来田养泉政委调任西线兵站部政委，我又随他调西线兵站部工作，任辎重大队二连指导员，西线兵站部后改为东北军区后勤一分部，并负责辽沈战役和平津战役的后勤保障工作。在分部工作让我有了直接见到黄克诚、洪学智两位首长的机会。直接聆听他们关于建立后方根据地后勤保障工作的一系列指示，这对我今后一直从事后勤工作颇为有益。

平津解放后，洪学智任 43 军军长，率部作为四野先遣兵团南下，途中被任命为第四野战军第十五兵团第一副司令员，在渡江作战中，从黄冈、黄石、蕲春三地渡过长江，迫使武汉守敌弃城南逃。之后他参与指挥湘赣战役，攻占鄂城、大冶、九江、南昌等城市。而后一路南下，他相继参加指挥了广东战役、万山群岛战役，特别是万山群岛战役共击沉敌舰四艘，重伤敌舰队司令，创造了木帆船打军舰、以劣胜优的奇迹。

1950 年 7 月，洪学智调任东北边防军第十三兵团副司令员。同年 10 月参加抗美援朝，任中国人民志愿军副司令员，他分工负责司令部、特种兵和后勤工作，参与领导指挥了第一至五次战役和其他历次重大战役，提出了许多重要的建议，并在保证志愿军首脑机关的安全方面做了大量工作，受到彭德怀司令员的高度赞许。1951 年 6 月，洪学智兼任志愿军后勤司令部司令员，领导志愿军后勤指战员浴血奋战，在没有制空权和频繁遭受洪水袭击的情况下，建立起了"炸不断、打不烂、冲不垮"的钢铁运输线，粉碎了美军策划的"绞杀战"，保障了前线作战的物资供应，为夺取战争胜利起了重要作用。在洪学智领导下，我军在抗美援朝战争中积累了一系列现代战争后勤保障的经验，成为我军后勤工作的宝贵财富。他还为我军组建现代化后勤保障体系提供了实战检验的支持。当时我在第四野战军后勤部工作，被派负责在郑州和邢台车站设点，具体负责保障部队北调的铁运工作。我听到了一分部战友介绍入朝部队后勤保障工作的情况，特别是洪学智上任后勤司令后采取了很多措施，如运输物资和护送伤病员都是在夜间进行，在鸭绿江到前方部队的道路上设防空哨，及时通报及时隐藏运输车辆，最大限度减少途中损失。为了与入朝部队后勤保障工作衔接，我后来又奉命调动了工作，负责在安东与东北军区后勤部保持具体联系，仅我经手的中南军区后勤部在安东就调运军需物资 27.6 吨，接收志愿军伤病员 16500 名。

1954 年 2 月，洪学智被任命为总后勤部副部长，接着任总后勤部部长、党委书记。面对后勤工作现代化正规化建设的新形势，他在理顺后勤体制、健全组织机构、完善标准制度等方面采取了一系列重大举措，组织领导全军后勤创建了具有中国特色的军队后勤保障体系，使我军后勤建设在正规化的道路上迈进了一大步。因为我后来一直在广州军区后勤部工作，对此感受尤为深刻。如他运用营养学的理论来指导部队改善生活，提出"斤半加四两"的伙食标准，即保障每个战士一天能吃一斤半蔬菜和一两肉，一两鱼蛋、一两豆制品、一两动植物油，当时"斤半加四两"在全军可以说是无人不晓。

　　洪学智首长对工作认真负责的精神，一直鞭策我做好后勤工作。在我任军区后勤21分部参谋长时，能深入海军基层调查研究，针对部队基层反映统用物资的问题，我组织撰写了《战区统一供应及时的报告》上报军委，得到了当时军委的批准并在全军转发。我认为，这些都是符合洪学智关于后勤建设现代化精神的。

我知道的钟伟将军

　　广州日报报业集团所属的《老人报》，发表了《敢于"指挥"林彪打仗的少将钟伟》一文，说的是钟伟在大战将临的战场上敢顶林彪，而且是接二连三地"抗命"。电视剧《亮剑》主角"李云龙"的故事有不少在钟伟身上也发生过。读了这篇文章后，我也回想起了一些往事，有很多感慨和思考，但集中到一点就是：钟伟为什么敢抗命？那就是钟伟的独特个性、善抓战机、敢于负责、不怕牺牲和正直廉洁等因素使然。我认为钟伟比那个"巴顿将军"更牛更厉害，更让人荡气回肠。

　　抗日战争时期的钟伟，一度担任过苏北抗大五分校代理校长、淮海军区第四支队司令员、新四军3师10旅28团团长等职，他率部参加了苏北等地的敌后抗日游击战争。当时，我是新四军3师10旅29团团部警卫班的战士，在跟团首长到旅部开会的时候，有时警卫员们会在一起议论首长们指挥作战时的特点，当时印象最深的就是钟伟团长敢于负责、说打就打、善于抓住战机的特点。我还想起了1945年解放槐荫城的那场战斗，在10旅旅长刘震和副旅长兼28团团长钟伟的指挥下，这次战斗成为新四军3师从长期游击战转向较大规模攻坚战的一个成功战例。特别是钟伟指挥的担任主攻方向的28团，在城东北角重量爆破成功夺取城防后，就迅速向纵深奋勇冲杀，直捣敌师部，当场击毙敌师长潘玉臣，并抓住敌师参谋长刘绍坤，接着就喝令敌师部打电话命令其各团投降，为取得解放淮阴城的胜利立下了关键性、决定性的战功。这次战斗让我直接感受到了钟伟团长善抓战机、敢打敢拼的作战特点。

解放战争时期的钟伟，先后担任过东北民主联军3师10旅旅长，2纵5师师长，东北野战军12纵司令员和49军军长。靠山屯战斗是钟伟打得最惊心动魄的一仗，他三次果断行动，敢打没有命令的仗。1947年3月初，我们部队三渡松花江，按照林彪的命令，钟伟率5师主要配合1纵聚歼德惠东北大房身的敌新1军。当5师到靠山屯西南的时候，突然听见西南姜家屯和王奎店那边乱哄哄的。经过侦察，发现敌军有一个团在此。钟伟立即做出判断，敌人处于行动之中，立足未稳，可以打。然而对于打不打的问题钟伟和政委发生了严重的分歧。政委认为，东进是全局，上级的命令是铁的纪律，我们不能贪图眼前利益，动摇总部决心，即使这仗打胜了，我们也是错的。钟伟坚决主张打，他认为，违抗上级命令是不对，但贻误了战机而影响全局就更不对。意见相持不下，战机眼看就要错过，钟伟下了决心，"就这么定了，留在这里打，打错了，砍头掉脑袋我担着，打！"他一面组织部队攻击、打援，一面把战场变化的情况报告给林彪，他特别强调围住靠山屯的敌人达到调动敌人的目的。那意思很明白，即大量歼敌的好时机来了，我就在靠山屯这里打，你赶快调动其他部队配合我吧！一向执着的林彪终于被另一位更执着的人说动。这一仗，把1纵和2纵都调过来了，打了个大胜仗。

当然，从表面上看，钟伟个性鲜明、性格刚烈，虎劲上来天不怕地不怕，连林彪的三个及时东进的电报也不为所动。实际上不得不说是钟伟的军事素养好，他看见了战局的转变，知道战场是瞬息万变的，战机稍纵即逝。我亲身经历了整个事件的发展过程，深深感受到，我们为什么能取得整个战局的转变，我们为什么能取得决定性的胜利，就是因为我们部队的各级指挥员善抓战机、敢于负责、勇猛顽强、不怕牺牲，钟伟就是他们中间的杰出代表。因此，当前，我们处在第一线的各级领导干部还需要善于学习钟伟将军的这种精神，善抓各种发展机遇，对我们的事业敢于负责。

老红军田养泉

田养泉是陕北老红军，早在陕西省立第一职业学校读书时便参加了党的地下组织。1932 年 4 月，他和另外两名同学根据党组织的指示，离开学校奔赴渭北游击队当了红军。三个年轻人以学生的模样，每人背着一个书包，把介绍信缝在衣服里，就匆匆上路了。在渭北游击队里他们面对的不仅有恶霸地主武装，还有国民党的主力部队，战斗非常频繁。游击队活动常常在晚上进行，白天则在壕沟或群众家中隐蔽待机。后来，按陕西省委、陕北特委指示，渭北游击队组成了正规红军，编为红 26 军的第 4 团，跟随刘志丹在陕北地区建立革命根据地，参加粉碎国民党对陕北地区的三次"围剿"。

皖南事变后，田养泉所在的八路军第五纵队改编为新四军第三师，三师的十旅奉命创建淮南区根据地，同时实行主力部队地方化，目的是更好地发展人民战争消灭敌人。十旅实行地方化，许多同志一时转不过弯，甚至有同志认为十旅在安徽的仗没有打好，部队伤亡大，才降为地方部队，还担心短期内不能升为主力部队，实行机动作战任务。当时 29 团团部二营和沐阳县独立团、灌云滨海大队编为一支队，旅参谋长沈启贤为支队长，中心县委书记张克率兼第一政委，田养泉任政委。

当时支队的政治思想工作主要由田养泉政委负责。田养泉政委根据刘少奇、黄克诚的指示，耐心细致地进行思想政治工作。为了做通大家的思想工作，解除不少同志的疑虑，他把主力兵团地方化、地方兵团群众化的理由，用通俗的语言在大会小会上讲。他多次强调这是党中央、毛主席根据敌强我弱的形势提出的战略方针，体现了毛主席关于"兵民是胜利之本"的伟大思想，把主力部队化下去做骨干，培养带动地方武装，可以进一步开展全民战争，可以动员全区的老百姓，造成陷敌于灭顶之灾的人民战争的汪洋大海之中。另一方面，他还用事实说话，强调抽调一些主力部队的干部化到各地方武装里去、斗争激烈的边沿区去，主力部队的干部可化到区、乡，甚至民兵基干队，对敌斗争就搞得很活跃。并且举例说我们灌云县四区游击队队长、指导员都是从主力部队调来的，他们带领游击队对官田、范庄敌据点实行监视，如小股敌人出据点，游击队和民兵就坚决消灭，如大股敌人出据点，就监视其行动，报告主力部队来消灭。四区游击队经过对敌斗争的锻炼，1943年就上升到主力编组为一支队三团。由于田政委思想工作做得到位，部队思想很快稳定下来。干部分散下到基层后对加强地方武装力量发挥了巨大作用，为后来三师部队迅速壮大打下了坚定的基础。抗战胜利后，三师调往东北。田政委在攻打四平之后升调东野一分部任政委，以后一直在后勤系统工作，直到离休，为我军后勤建设贡献了毕生精力和智慧。

随想两篇

随广州新四军研究会赴井冈山学习参观想到的

2008年5月16日至18日，我作为一名在广州的新四军老战士，有幸参加由广州新四军研究会组织的赴井冈山学习参观活动。在活动期间，我将过去的革命历史教育与当时的抗灾救灾工作联系起来，深感我们要大力弘扬井冈山精神和铁军精神，坚决打赢当时救灾的硬仗，才能使我们渡过难关，走向更美好的明天。

1. 由"朱毛会师"想到的

"朱毛会师"也是井冈山会师，是指1928年4月毛泽东率领的秋收起义部队与朱德、陈毅领导的部分南昌起义和湘南起义部队在井冈山的胜利会师，这是我军历史上具有里程碑意义的重大事件。两军会师后，合编为工农革命军第四军（后改称中国工农红军第四军）。"朱毛会师"壮大了井冈山的革命武装力量，对巩固扩大全国第一个农村根据地，推动全国革命的发展，具有深远的意义。这是一次决定中国革命命运的会师，这是一次点燃和燎原井冈星火的会师，这是一次人民军队由弱变强的会师，这是一次党指挥枪的会师，这是一次实现"枪杆子里面出政权"的会师！

2008 年 5 月 12 日，在四川汶川发生了里氏 8 级的特大地震。在地震发生的第一时刻，胡锦涛总书记作了重要指示，温家宝总理奔赴汶川指挥抗震救灾。灾情就是命令，时间就是生命。在救灾工作的关键时刻，5 月 16 日，总书记来了，这也是我们参观团出发的那一天，当我们在电视上见到总书记与总理这两双"中国最有力的大手"在四川绵阳机场紧紧地握在一起的时候，我的心情非常激动。我感到，总书记与总理紧握双手，深情凝视，是对这场空前灾难强忍着悲痛，是对灾区人民失去生命、失去亲人、失去家园强忍着悲痛，同时透露出两位领导人强烈的爱民、为民情怀。一切从人民需求出发，一切为人民利益着眼。人民的生命高于一切！不惜一切代价救人！千机民为先，万要命至上。这是总书记和总理的责任，也是各级党委、政府的责任！我还感到，总书记与总理的手握在了一起，这是决心的昭示，是勇气的昭示，是信心的昭示，是力量的昭示。两位领导人在灾区执手相望，还有什么力量比这更强大呢？全国人民还有什么理由不能同舟共济呢？"朱毛会师"，因为志存高远永远牵在了一起；总书记与总理握手，因为立党为公永远牵在了一起。"朱毛会师"因为兼济天下牵在了一起；总书记与总理握手，因为执政为民永远牵在了一起。昨天"朱毛会师"，奠定了中国革命走向伟大成功的基础；今日总书记与总理握手，推开了抗震救灾取得全面胜利的大门。昨天"朱毛会师"，耸立起一座丰碑；今日总书记与总理握手，将再续新的辉煌！面对这场特大灾害，我们有"一方有难，八方支援"的民族美德，我们有灾区干部群众不屈不挠、顽强奋战的大无畏英雄气概，我们有全国人民万众一心、共克时艰的社会主义协作精神，我们一定能够打赢当前这场抗震救灾的硬仗。

2. 由井冈山精神想到铁军精神

我在井冈山学习参观，不仅了解了诞生于土地革命时期井冈山根据地的井冈山精神，而且对以叶挺独立团为代表的人民军队在长期的革命和建设实践中逐步培育形成的铁军精神有了新的理解。在巩固和发展井冈山革命根据地的斗争实践中，红军创造了人民军队建设的一系列重要经验，形成了以"胸怀理想、坚定信念，实事求是、勇闯新路，艰苦奋斗、敢于胜利，依靠群众、无私奉献"为主要内容的井冈山精神，对中国革命的进程产生了广泛而深刻的影响。作为"铁军"的叶挺独立团参加过南昌起义，在朱德、陈毅率领下在井冈山与秋收起义部队会师。抗日战争爆发后，由南方 8 省 14 个地区的红军游击队改编为新四军。"光荣北伐武昌城下，血染着我们的姓名；孤军奋斗罗霄山上，继续了先烈的殊荣……"，这首雄壮豪迈的《新四军军歌》不仅记载了新四军的奋斗历程和丰功伟绩，而且向人们昭示了伟大的铁军精神。新四军创造了辉煌战绩，也铸就了伟大的铁军精神。1947 年 1月，新四军改编为华东野战军。在党的领导下，这支英雄部队南征北战，屡建奇功，和党领导的其他部队一起，铸就了一部人民军队的成长壮大史和英勇顽强的战斗史。在长期斗争实践中培育新四军"铁的信念、铁的纪律、铁的意志、铁的作风"的铁军精神是我军性质宗旨的重要体现，是指引部队攻坚克难、团结奋斗、无往不胜的传家宝。

胸怀理想、坚定信念是井冈山精神的精髓；实事求是、勇闯新路是井冈山精神的核心要素；艰苦奋斗、敢于胜利是井冈山精神的重要内容；依靠群众、无私奉献是井冈山精神在人生观、价值观和道德情操上的具体体现。我们坚持不懈地学习中国革命史，就是要结合新的时代条件发扬光大我们党在革命战争时期形成的光荣革命传统。井冈山是中国革命的摇篮，70 多年前，在艰苦卓绝的井冈山斗争中，我们党形成的井冈山精神，为中国革命播撒了燎原火种，成为我们党的宝贵精神财富。总之，伟大的井冈山精神集中反映了我们党的优良传统和作风。我们要结合时代的发展，结合党的历史方位和历史任务的变化，结合改革开放和社会主义现代化建设的新实践，把继承和发扬铁军精神与继承和发扬井冈山精神结合起来，在新时代放射出新的灿烂光芒。

在晨曦中登上了我国东北的黑瞎子岛

我现在已经是 91 岁的老人了。73 年前，我作为新四军三师的战士，跟随师长黄克诚指挥的部队，从苏北步行走到了东北，在解放战争枪林弹雨的那几年，在东北这块土地上留下了深深的印记。2011 年国庆前夕，我又有机会重新踏上了这片土地。

我是乘广州直达黑龙江省佳木斯市的南方航空的航班，经过 6 个多小时的空中飞行后，开始了这次东北之旅。佳木斯市地处黑龙江、乌苏里江和松花江汇流的三江平原腹地，东西长 340 公里，南北宽 190 公里，隔黑龙江、乌苏里江与俄罗斯相望，边境线长达 580 公里。佳木斯市是我国最东端的城市，素有"东方第一城"之称。在解放战争时期，佳木斯曾被誉为"东北的延安"，为东北全境的解放和解放战争的胜利做出了重大贡献。我在看望了战友的家属后得知，现在佳木斯的城区已经扩展到 192 平方公里，形成了由城市外环路合围的"大佳木斯"框架，沿松花江自东向西发展成高新区、商业金融区、行政文化区、生态旅游区的多中心"串珠式"带状城市结构。我们住在江边的福成宾馆，每天早晚都可以看到成群结队的市民在跳健身舞，这也可以在一定程度上让我感受到这座城市充满活力的现状和未来。

为了赶去中国最早迎接太阳升起的地方，我们坐了 7 个多小时的汽车由佳木斯抵达抚远，到了抚远已经是晚上了。第二天凌晨 2 点，我们就起床前往乌苏镇，这里就是被誉为中国每天最早迎来"太阳升起"的地方。

乌苏镇沿着乌苏里江，正对面便是黑瞎子岛。在当地朋友的引导下，我们首先来到了一个部队的院落，院中立着一块巨大的石碑，碑面向正东，上面有胡耀邦同志的题词："英雄的东方第一哨"。这里的太阳在 2 点 15 分升起，"东方第一哨"就在 2 点 15 分举行升旗仪式。乌苏里江水域是我国著名的大马哈鱼渔场，也被称为"金色的网滩"。每年的九十月份也是乌苏镇最热闹的季节，渔民们从四面八方赶来这里捕鱼，在江边形成了熙熙攘攘的交易场所。据说，黑龙江省 90% 以上的大马哈鱼都产自这里。

迎着清晨的阳光，我们急切地来到了一座通往黑瞎子岛的浮桥，这是目前唯一乘汽车登岛的临时交通方式，通过当地有关部门与部队联系，我们的小车终于来到了黑瞎子岛的回归交接纪念碑。黑瞎子岛北侧 259 号界碑，也是岛上最后设立的界碑之一。在这里我们还看到了两国领土交接的背景板，这也成为岛上一处珍贵的纪念地。2008 年 10 月 14 日，中俄两国政府就是在这里举行了界碑揭幕仪式，黑瞎子岛西侧一半约 171 平方公里陆地及其所属水域正式划归中国，随后两国签署协议宣布共同开发黑瞎子岛。

当地的朋友还告诉我，中方对黑瞎子岛的总体功能规划包括生态保护、旅游休闲、商贸流通、口岸通道 4 大主要功能，由 75% 的湿地自然保护区和 25% 的旅游经贸区组成。我们看到，现在的黑瞎子岛湿地公园位于岛的西侧，以水和湿地景观为主体，通过木栈道的形式组织游览线路，目前已完成全部栈桥工程，初具景区的规模，这应该是我看到的原始自然风光与人文建筑最为完美结合的景区之一。原生态荒原湿地，时有黑瞎子（东北人对黑熊的俗称）出没；离开祖国将近一个世纪，"一岛两国"，我想这大概就是"魅力的东极、神秘的界岛"吧。

当我看到黑瞎子岛上各种工程车辆川流不息地大规模开发的景象时，心想这里不久就一定会成为一处具有异国风情和北国风光相互交融的旅游体验地，也将成为中俄文化、商贸交流的新平台。我在晨曦中登上了黑瞎子岛的最大体会是，只要我们坚持做好关心下一代的工作，传承好人类共同的精神财富，那么，我们可以相信，黑瞎子岛的未来、东北的未来、中国的未来就一定会更加美好。

整理：顾涧清

编辑：李新民

我的军医生涯

俞伟华

口述者简介：俞伟华，1923 年出生，江苏省南通人。1939 年 3 月入伍，1945 年 7 月入党。曾就读于江苏盐城抗日军政大学第五分校。历任新四军三师七旅干部文化教员、休养所医务员、医训队副队长、东北野战军第 6 纵 16 师休养所军医、副所长，第四野战军第 43 军 127 师休养所所长，河南洛阳 185 医院副院长，189 医院院长，中南军区职工部卫生部副部长，中南军区总医院副院长。1983 年离休。

我叫俞伟华，抗战初期参加新四军。在几十年的革命生涯中，无论是烽火连天的战争年代，还是新中国成立后的社会主义建设时期，我都一心一意奋战在医疗岗位上救死扶伤，培训人才，向官兵传播医疗卫生知识，兢兢业业履行一名军医的职责，为党的医疗事业殚精竭虑，矢志奉献。

抗大学医

我参军后不久，便于 1939 年秋被派遣到新中医学院学习。因为日本鬼子打进来了，城市里边不安全，新中医学院只好在江苏海门七星镇乡下举办。为什么叫新中医学院呢？就是中西医结合，例如我们在学西医的《解剖生理病理》时，也学习中医的相关知识，所以叫新中医学院。那个时候学生多数是初中生，有个别高中生。老师有 3 个，一个是中医，两个是西医。我学的《解剖生理病理》都是西医讲的，西医还讲一些内科、外科学；中医一般讲一些望闻问切和中草药的识别与应用等方面的知识，在学习内容的分配上，西医讲的多一点，中医讲的相对少一些。虽然当时的环境很艰苦，但大家学习的积极性都很高，也很努力。

1941 年发生了震惊中外的皖南事变，新四军遭到国民党反动派的残酷迫害。周恩来总理悲愤地写下了："江南一叶，千古奇冤；同室操戈，相煎何急。"毛主席和党中央针对新四军番号被国民党撤销，我党便在江苏盐城重新成立新四军军部，同时把抗日军政大学五分校、华中分校（卫生学校）、鲁艺学院整合起来。正在新中医学院学习的我知道这个情况后，就从江苏南通走路到盐城，在抗大继续接受医学教育。那时，陈毅军长兼抗大五分校的校长，刘少奇兼政委。有两个副校长，一个叫洪学智，一个叫冯定。冯定是知识分子。根据战争环境的需要，我们在学习医学知识的同时，还认真学习了毛主席的《论持久战》等著作。冯定讲解了许多战史战例，以便我们加深理解，融汇贯通。后来日本鬼子在盐城大举扫荡，企图消灭新四军军部，消灭抗日军政大学。

我们在洪学智和冯定的领导下，趁着夜幕掩护，紧急撤离盐城。为了安全，我们不敢走大路，只能走小路。盐城地区水网复杂，稻田广布。由于有的小路过窄，我们只好从老百姓收割后的稻田走过，稻根不时扎脚。不少人的脚因此受伤，鲜血淋淋，仍然忍痛前行。第二天天亮后，我们像泥猴子一样，为了不让敌人发现，我们不得不在野地里隐蔽，到了晚上再走，一身泥水也不能清洗。我们连续走了 4 个晚上，第五天拂晓前到了兴化。兴化是国民党省主席韩德勤所在地，他很反动，所以我们不敢住在村庄和镇上，而是静悄悄地投宿在兴化的庙宇和祠堂，以免暴露行踪，遭到迫害。经过一个多月的昼伏夜行，我们终于成功撤离日军封锁区，安全转移到阜宁县东坎镇。在这里我又继续学习了 3 个月，便毕业分配到了新四军三师七旅，从此我便正式成为一名军医，在随后几十年的革命生涯中，始终战斗在为部队官兵救死扶伤的医疗岗位上。这个时期，我认识了一名朝鲜医生，他叫朴柏林，医术高超。我就跟他学习医术，学会了腹部外科，包括做阑尾、疝气等手术。那时候我是营级干部，营级干部可以骑马，有马夫、勤务员、通信员。我经常叫通信员买猪肠子练习外科技术，练习缝合，练习打结，还会利用尸体解剖，来研究阑尾究竟在哪里。经过反复摸索，发现大肠有个带叫结肠，找着中带就百分之百找到阑尾了。由于我勤奋学习，刻苦钻研，医术水平得到不断提高。

铁军的前世今生

三师七旅是资格很老的部队，它的前身就是叶挺独立团。周总理在黄埔军校担任政治部主任时，向孙中山建议成立一个铁甲队，得到中山先生同意后，部队便成立了。这个铁甲队实际上由共产党直接掌握。

北伐时期，周恩来把这个铁甲队的骨干组建成立独立团，叶挺担任团长，隶属国民党张发奎的第四师。叶挺带领独立团挥师北伐，激战南昌城下，勇猛顽强，威震敌军，一举击败吴佩孚，成为北伐名将。独立团被称为"铁军"。三师七旅的前身就是叶挺独立团，这支部队继承了铁军的称号，也继承了奋勇作战、不怕牺牲、一往无前的战斗作风。

蒋介石背叛革命以后，南昌起义爆发，叶挺独立团参与起义，由陈毅当党代表。起义失败后，部队撤离南昌城，一路南下转移，途中与国民党军多次遭遇，打得勇猛顽强。1928 年 4 月，毛主席领导的秋收起义部队与朱德、陈毅领导的部分南昌起义和湘南起义部队在井冈山胜利会师。独立团的主要骨干成员参与了这些行动。两支部队会师后，在井冈山建立了第一块革命根据地，后来不断发展，开辟新区，建立了中央苏区，成立了中央苏维埃政权，红军不断发展壮大。为了消灭红军，蒋介石对中央苏区发动了五次""围剿"。第五次""围剿"因为王明、博古犯了错误，红军惨遭失败，被迫进行长征。长征时期，叶挺独立团扩编为红三师。途中蒋介石调动数倍于红军的部队，围追堵截，企图把红军剿灭。为了甩掉尾追的敌人，抢渡大渡河，红三师一团奉命一天走 240 里到达泸定桥，而泸定桥的桥面被国民党守军毁掉了，只剩下铁链。一团赶在堵截红军的国民党军队到达之前，不惜一切代价，拼死夺取泸定桥，消灭了国民党守军，然后强渡大渡河，激战腊子口，一路过关斩将，为中央红军开辟前进道路，粉碎了国民党的围追堵截，胜利到达陕北，实现了北上抗日的战略。

在陕北的时候，红三师缩编改为 115 师 685 团，第一仗就是攻打平型关，战绩辉煌名扬天下。皖南事变后，中央将 685 团调往南下支援新四军，到达苏北后又改为三师七旅，到东北以后再改为 16 师，最后改为 127 师，直至现在。

刘老庄英雄连

抗战期间，部队缺医务人员。我因为在新中医学院学习过，所以叫我担任医务员。在班排当战士可以在前线同敌人斗争，当医护人员都是在后边做战场救护工作。日本鬼子扫荡盐湖期间，我目睹了烧光、杀光、抢光的惨状，我军进行了英勇无畏的反扫荡斗争，印象最深刻的是刘老庄英雄连。1943 年，日军到淮海区大扫荡。上级命令 379 团阻击敌人。四连负责掩护淮海区党政机关和群众撤退，当时日军有四五千人，战力悬殊。四连只有 82 人，他们利用抗战期间老百姓挖的壕沟（抗战沟）殊死阻击日军，直到最后一刻，全连官兵包括连长、指导员都牺牲了，而淮海党政机关安全转移了，群众也脱险了，没有受到任何伤亡。379 团团长叫胡必营，指挥全团阻击敌人，全团官兵英勇无比，战斗异常惨烈，令敌人闻风丧胆，当时敌军中流传一句话，叫作"天不怕，地不怕，就怕胡老大"。胡必营当了军区司令员以后，他讲自己死了以后骨灰一定要埋到刘老庄。

四连的英勇事迹传到朱德总司令、陈毅军长、三师黄克诚师长、张爱萍副师长那里，他们都给予高度赞扬。当时给这个连命名为"刘老庄连"。后来，苏北行政公署给379团四连写了挽联并将挽联和碑文刻在三丈高的石碑上，纪念和表彰这支部队的悲壮事迹。老百姓自觉戴了三个月的黑纱，纪念英雄烈士。中国军民的浴血奋战，终于取得了抗日战争的胜利。我记得8月15日日本鬼子投降那天，我们去开会庆祝。当时我一个人负责医训队，带着全体学员去车站参加大会。开会的时候，日本鬼子有特务准备刺杀张闻天，幸好警卫员很机警，在日本特务开枪的一刹那把他摁下，子弹没有打中张书记，军民照常召开庆祝会，欢庆抗战胜利。

转战东北

抗战结束后，我们便前往东北参加战斗，我继续承担医务工作。这时候，经杨培林和李在英两个人介绍，我入了党。其后组织上派我到后方佳木斯组建医训队。到佳木斯要渡过松花江，但松花江上的桥给日本鬼子炸掉了，我们只好不顾危险，小心翼翼地顺着桥栏杆爬到松花江对岸，就这样好不容易到了佳木斯。

那时佳木斯叫黑江省，张闻天当黑江省的省委书记。我当时担任佳木斯医训队的副队长，队员们都是住在一个废弃的学校打通铺。起初全队只有两个教员，因为人手紧，我既要备课教学，又要负责学员的生活和住宿等日常管理工作。加上医训队的学员文化程度都很低，有的甚至是文盲，需要辅导他们文化课，我经常忙到凌晨三点钟都不能睡觉，很辛苦。因为在战争年代很难有这样的学习机会，学员们都很努力，拼命地学习文化和医务知识，因而学习效果非常不错，这些学员到了部队以后，都起到了骨干作用，为部队解决了很多医疗问题。

那个时候七旅旅长叫彭名智，政委叫郭成忠。我们在东北的第一仗叫秀水河子歼灭战，一次吃掉敌人一个整师，是林彪直接指挥的。林彪很注重部队的战术修养和战术训练，他根据部队战斗情况，归纳了"三三制""一点两面"等战术。"三三制"就是1个班9个人分成3个战斗小组，班长带两个人为一组，副班长带两个人为一组，另选政治素质较好，战斗勇敢又有经验的战士当组长带一个组。战斗时以组为单位，根据敌情、地形散开距离，交替掩护跃进。既能有效发挥战斗力，又能避免拥在一堆，造成较大伤亡。"一点两面"就是集中优势兵力于主要的攻击点上，反对各点平分兵力，至少两面包围敌人，以保证一定打垮敌人，求得全歼。"一点两面三三制"的战术很出名，很管用。蒋介石非常佩服，他曾讲，为什么我培养的学生都到共产党那边去了？林彪是黄埔军校第四期的学生。秀水河子歼灭战打得很漂亮，我军大获全胜。随后爆发了有"东方马德里"之称的四平战役。打四平打了三次，第一次四平战役时，国民党部队都是主力部队。比如五大主力中的新一军、新六军都参与了。黄克诚一看这个情况，决定不能硬碰硬，我军只能到松花江以北建立根据地。他首先发电报给林彪，林彪没有回电。黄克诚又发电报给中央军委，毛主席认为打下这个"东方马德里"对我军在东北站稳脚跟有利，主张打下来。由于后来敌人不断增兵，战场态势发生了变化，于我不利，加上部队损失很大，最后还是撤退了，撤退到松花江以北。1946年到1947年，南满部队打了"四保临江"战役，北满部队打了"三下江南"战役，这就是所谓的"三下江南，四保临江"。此后东北战场我军取得了完全的战略主动，到1948年秋，发动了辽沈战役。那个时候我是主治医生，一直负责首长等人的医疗保健。

辽沈战役有两个阻击战，一个是黑山阻击战，一个是塔山阻击战。黑山阻击战不是我们参与的，是梁兴初第一纵队打的，主要阻击廖耀湘兵团，不让他增援锦州。打锦州的时候，蒋介石就命令廖耀湘从沈阳西进攻击我军打锦州的部队，廖耀湘还没有到锦州，我们就把锦州拿下来了。锦州拿下来以后，两面夹击他，所以很快把国民党军队打败了，把廖耀湘活捉了。塔山阻击战是吴克华的四纵打的，主要阻击从海上增援锦州的侯镜如兵团，打得十分惨烈。

辽沈战役时，127师和几个独立师在长春外围，部队边休整练兵边准备打仗。辽沈战役打响后，我接到命令，要我带队去接收伤兵。路途很远，有1000多里，我不敢怠慢，连续走了六天六夜，非常辛苦。走到第六天的时候，看到敌人的飞机在上面盘旋，还听到隆隆的炮声，炸弹是不长眼的，非常危险，但是我想快到前线阵地了，伤兵等着我们治疗接收，因而根本就没有考虑自己的安全，不顾生死加速行军，在零下三十多度的情况下越过辽河。大冬天的，寒冷无比，但是秉承共产党人的坚强意志，不畏严寒，一直向前。这里面还有好几个女同志，需要扶需要帮。过河时要把裤子脱下来盘在头上，可是女同志不能够脱衣服，就穿着棉裤过去，她们被冻得瑟瑟发抖。过完河刚想做点饭休息一下，烤一烤裤子，但是伤病员来了，有一些病情还很重，处于休克状态，抗休克就要输血，我们抢着输血，根本来不及休息。紧急抢救伤员，连续干了40多个小时，没有休息，没有吃饭，不断地给伤病员开刀、处理，一心只想抢救更多的伤员。

当时我担任伤兵所的所长，我们收治的伤病员中，有些是国民党兵，他们有的是坐着马车，有的是惊慌失措地走过来的，都被吓坏了。警卫班抓到了不少伤兵俘虏，伤兵所的女同志也高兴地跑出去，劝说敌方伤兵弃暗投明，他们都乖乖地举手投降了。

入关南下

辽沈战役结束后，根据毛主席和党中央的号令，我军参加平津战役，我们的部队迅速开进关内投入战斗。先打天津，是二纵和三纵负责进攻的，刘亚楼参谋长亲自指挥。我军把天津解放以后，促使傅作义在北平和平起义。北平解放后，我们随军继续南下。南下部队一鼓作气，势如破竹，很快取得渡江战役的胜利。部队打过长江以后，士兵大批发生疟疾。由于我们没有特效药，只能对症治疗，开始犯病的士兵只吃药没有打针。但是光吃药不行，死亡率很高。当时我所在医院的药房主任是个日本人，叫福岛丰子，毕业于药剂系，专门学医的。我问他能不能将阿司匹林配点液体静脉注射，他说可以试试看，然后试验成功了，这个方法不仅很快恢复了病人的健康，还大大降低了死亡率。紧接着，我们又参与了衡宝战役。这次的对手是白崇禧。他虽然号称"小诸葛"，但其部队也很不经打，没几下功夫就被我们打败了。我们部队稍作休整后发起解放海南岛的渡海战役。国民党有军舰，我们只能用木船来攻击。英勇的战士靠近兵舰，像在陆地一样，近身肉搏扔手榴弹，把兵舰打垮。靠着这种勇敢的气势和不怕牺牲、奋勇向前的革命精神，我军渡海战役获胜，打败了国民党守军，解放了海南岛，薛岳率残军仓惶溃逃台湾。海南岛解放以后，127 师就驻守在海南岛了。127 师这番号到现在还没有变。1958 年我离开 127 师，到河南洛阳的 185 医院当副院长，之后到 189 医院当院长。离开 189 医院以后，先后到中南军区职工部卫生部当副部长，最后到中南军区总医院当副院长，直到 1983 年离休。

这期间凡是有手术我都尽量参与。当时有一个师长是异位阑尾，我考虑到他是师领导，开始时准备把他转到条件更好的大医院去做手术治疗，但他说不必要，非要坚持由我亲自给他动手术。我给他动的手术很成功，结果在师里很快就传开了，之后很多病人都要求我来动手术。我担任院长期间还经常亲自做外科手术，大家觉得我的外科技术水平比较好，所以被官兵们称为"一把刀"，当时在部队有点名气。我这辈子工作勤恳，时刻把病人装在心上，经常早晨起来一直到晚上都围着病人。当时 189 医院有一个副院长，坚持每天早晨去查房，若有重病人，晚上还要去查房，休息时间也还要去看望病人。他说这是老院长俞伟华传下来的作风，后来这个院长当了模范院长。在 185 医院工作期间，生活艰苦，任务十分紧张，我得了水肿，为了解除病人的痛苦，我坚持带病培育螺旋藻，还组织召开护理工作现场会。调到 189 医院担任院长后，我依然保持这种不怕艰苦、勤劳朴实的作风。

整理：吕彦霖

编辑：彭仕安

"红小鬼"成长记

钟珠瑞

口述者简介：钟珠瑞，江西省于都县人，1917年12月出生，1933年2月参加红军，1933年6月加入共产主义青年团，后转入中国共产党，参加了二万五千里长征、抗日战争、解放战争。历任陕甘宁边区政府被服局经理科长，东北民主联军总供给部粮秣科科长，东北野战军东线后勤部辽吉地区办事处主任兼政委，东北野战军后勤部军械部第二保管处政委，第四野战军后勤部军械部第四保管处政委，中南军区军械部弹药处处长，广州军区军械部副部长。1965年5月离职养病。1955年10月，被授予上校军衔，获得"八一""解放"勋章。1988年8月被中央军委授予二级"红星"荣誉功勋章，1999年10月被全军保健领导小组授予"全军健康长寿老干部"称号，2000年9月被广州军区授予"跨世纪健康文明老人"称号。

我叫钟珠瑞，生于1917年冬。从小参军就是我的梦想。1930年时由于年龄太小，红军部队不接收我。1933年2月，大年初一我终于得以正式参军，从此在部队接受革命教育，有了一定的革命意识，认识到劳动人民只有走革命道路，跟着共产党打天下，才能推翻旧社会的统治，建立新的社会制度，翻身得解放。战争年代，在艰苦卓绝的革命斗争中，我始终坚守初心，坚定理想，奋勇向前，矢志不渝地坚持为革命事业而奋斗。革命环境的磨砺和熏陶，当年的"红小鬼"成长为一名对党忠诚、信念坚定、竭诚奉献的共产主义战士。每当回忆起跟着党走过的红色道路，内心就充满了光荣和自豪。

独立团的新兵经历

胜利县是中央苏区成立后新建的一个县，在于都、宁都、会昌、瑞金这四个县之间。我15岁那年参加了胜利县独立团，成为一名光荣的红军战士，经过一段时间的教育训练之后，就参加了围攻赖屋围子地主豪绅、反动封建势力的战斗。战斗打响后，我们团迅速包围了这个围子，但由于缺少武器弹药，加上敌人的围子很坚固，围攻3个月，都没有打下来。敌人凭借有利地形和枪炮优势，顽强抵抗，战斗十分激烈，每位战士都紧张地坚守着阵地，防止敌人突围逃跑。在一次夜间巡逻中，敌人盲目开枪，我不幸被击中，一个子弹的铁屑打在我的脑门上，鲜血直流，疼痛难忍，简单包扎后，我继续顽强地坚守在战斗岗位上。由于当时医疗条件极其有限，伤口出现化脓感染，至今还留有伤痕。

后来，上级命令我们团暂时放弃攻打赖屋围子，改到宁都拔除一个反动据点的新任务。宁都县有几个地形险要的石山寨子，白色武装据此欺压百姓，无恶不作。其中最大的一个是斜面寨子，纠集了宁都县附近的一些反动力量危害乡里，老百姓深恶痛绝。本来是宁都县独立团负责进攻，由于该团组建尚新，战斗力不足，组织上要求我们团参与战斗。寨子是个石头寨，地形都往外伸，脚下是悬崖。聪明的红军战士灵活利用木头搭架子，架子搭得很牢靠，一层一层扎，用竹篾子编成绳子缠起来，而后我们从木头下逐步靠近寨子，一层层地推进。敌人打不垮我们的架子，就不断用石块、硬物攻击我们。我们便发明了用竹子编的防护帽，垫着很厚的棉花顶在头上，有效抵御了敌人的攻击，大大降低了伤亡。经过我们团一年多的围攻，敌人弹尽粮绝，最终放弃抵抗，弃寨投降。

这次战斗印象最深的就是，有一天我站岗时，架起枪瞄着寨上最大的那个射击孔和抛物孔，一会儿有一个反动分子狂叫道："共匪啊，你上来休息休息吧，来我们这里喝酒吧。"就在敌人狂妄地大喊大叫的时候，我朝着那个人的头打了一枪，影子很快就消失了，此后敌人再不敢在孔里面出现，再不敢从孔里面往下抛物砸我们了。我推想我这一枪肯定把那个反动分子打死了，敌人害怕了，所以不敢再露面了。

成功拔除敌人据点，红军战士们都异常激动和兴奋，也增强了我们的战斗信心。随后在第四次反"围剿"时，我参加了第一次正规战。那时红八军团调到赣西，在江西会昌、筠门这边阻击敌人。上级命令我们团抢占山头，利用地形打击敌人，可是敌人凭借地理优势抢先攻占了山头。我们顽强地进行了多次攻击，都遭到敌人猛烈火力的压制，难以攻克山头。根据战局需要，我们团奉命撤退，顺着左边的高山山脚向后撤离。敌人趁机对我们部队一个劲儿乱打枪，一颗子弹打穿了我背的枪的子弹槽，射入我的手臂，手一下子失去知觉，枪掉到地上全然不知，直到走了一段路后碰见其他战士，问我怎么没拿枪，我才意识到自己犯了大错。那个时候枪比生命还宝贵，我赶紧往回寻找，跑了几十米发现枪还在地上，立即把枪拿过来再往后撤。等撤到没有战斗的地带以后，才感觉手臂特别痛，脱下衣服一看，大半截子弹钻到了肉里面。卫生员把子弹夹出来以后，给我伤口上了些碘酒消毒，打了绑带，把手吊起来。我只好到后方收容部队养伤，离开了连队序列。

通过这几次战斗，我从一名听到枪炮声就害怕的新兵，逐步成长为不怕苦、不怕死、勇敢作战，并且有一定作战经验的合格士兵。在这期间两次负伤，我都没有惧怕退缩，更没有动摇信念，在革命的道路上不断成长。

亲历第五次反"围剿"

在我伤愈归队后，就投入了第五次反"围剿"的战斗。敌人采取步步为营的碉堡政策，辅以经济上的封锁，中央苏区越来越困难。我们团部署在会昌、筠门，面向广东这一面防守。敌人使用钢筋水泥做碉堡，我们则就地取材，把松树砍下来修工事。苏区的土地一天天被敌人蚕食，敌人企图把我们围困在狭窄地带，缩小红军的作战空间，使我们没有办法继续坚持斗争，在战局对红军非常不利的情况下，中央作出了长征突围的重要决策，随即中央红军开始了战略大转移，我跟随部队开始艰苦卓绝的伟大长征。

离开中央苏区之前，我们在会昌进行短暂整训，毛主席到我们师来视察。在一个小山包脚下，我们全师集合。毛主席走到队前，站在山坡上给我们讲话，阐明红军为什么要实行战略转移。在红军队伍里，毛主席的威望很高，这是我第一次看见毛主席，内心即刻被毛主席的气魄和魅力所折服。之后不久部队开始转移，我们师就在于都河过江。江水湍急，单兵可以过去，但是辎重骡马过不去，要靠船渡到河西面再把部队和装备集中起来。那时我们都知道要执行转移命令，却不知道前路是充满艰难险阻的万里长征。

第五次反"围剿"是在放弃毛主席的战略战术，又在不了解国民党企图的情况下的冒进作战。博古等人的"左"倾错误方针，导致我们没有识破国民党的奸计。敌人建造堡垒，步步为营，日渐推进，阻断外面的物资供应，慢慢把整个苏区变成一个水塘一样，把我们当作鱼，敌军慢慢在外面把水抽干，红军陷入绝境，眼看就要被围住困死。生死攸关之际，红军只得被迫突围。第五次反"围剿"失败了。

回想起我们为什么失败，主要是放弃了毛主席正确的战略战术，没有利用好我们的优势，没有采取合适的应对方针，错误地采用跟国民党打消耗战的办法，却没有顾及苏区资源紧缺的难题。当时面临的突出问题是物资匮乏，生活困难，虽然当兵每人每天优待一斤粮食，但由于遭敌人重重封锁，自己又无法生产，粮食等生活物资根本不能保障。无论是部队官兵，还是地方干部群众，都是长期吃不饱饭，部队经常饿着肚子打仗。错误的军事路线导致红军的优势不能发挥，处处被动挨打，部队忍饥挨饿，体力不支，损失惨重，根据地越来越小，不得不离开苏区，突围转移。

军事上的错误主要源自李德、博古的失误，这是在他们错误思想的指导下造成的。比如第五次反"围剿"要进行决战，在云古那边发生了高福墟战斗，红军打垮了蒋介石的六个主力师，但是我们损失也很大。那时红军人少，我们损失不起。毛主席就提出不能这么打，主张把我们的部队拉出去，拉到苏浙皖方向，再朝南威胁敌人，来打破敌人的"围剿"。但是他们不采纳毛主席的建议。他们提出的口号过"左"，要保卫苏维埃每一寸土地。结果根据地没保住，红军也遭受到重大挫败。因为战略战术不灵活，遭受失败也就是必然的了。

第五次反"围剿"的艰苦作战和惨痛教训使我进一步成长，对毛主席正确路线和"左"倾主义错误的认识更为深刻。

长征与董老

长征开始后，八军团负责断后，阻击敌人的追击，所以部队遭受了很大的损失。突破湘江之后，由于部队损失太大，八军团的番号撤销了，剩下的部队大部分并入九军团。我从八军团被调出来去给董必武首长当勤务兵。见面时他问我多大年龄，家乡是哪里的，随后便带着我离开了。部队撤退的两侧不断有战斗，与敌接近的地方都拉起马奔跑，快速通过危险地带。

当时中央机关的一些老同志、老革命家、首长夫人、伤病战士等组成了红星纵队（第二纵队），也称中央干部休养连。中央主要领导的夫人都在那里，比如贺子珍、蔡畅、邓颖超等。那时整个中央干部休养连不超过两百人，休养连的负责人是何长工，指导员李坚贞。

我担任勤务员就是照顾首长的日常生活。董老年纪大，每天行军到达目的地后，我就赶紧烧水给董老洗脚，并给他泡上一杯茶。休养连做好饭后，我就去给他打饭。长征路上可供吃的东西很少，每顿饭每个人只有一勺子食物。董老、马夫加我三个人的食物打回来放在一个脸盆里，不够吃就摘一些野菜加进去煮，生活条件十分艰苦。我记得，董老有一个比较厚的毯子，还有一个小的毛巾被，一件便装式的小大衣，装在马褡子里，睡觉时把马褡子打开给他铺床。多数情况下我睡在他脚底下。董老有一块儿比较大的油布，有时晚上下雨，露营的时候我搞几个树棍子把它撑起来，董老和我还有马夫就蜷缩到油布下面过夜。

长征开始后，我们一路行军打仗。一直到贵州遵义，中央政治局召开会议，我们才得到十几天的休整。当地的干部群众热情招待我们，部队得到了休息补充，一定程度上恢复了生机。

董老那时 59 岁，身体状况一直较好，一路上没生什么病。为了防止敌人空袭，在贵州大部分时间都是夜间行军，晚上基本上不能骑马，董老只好拄着拐杖，沿着盘山路上的羊肠小道低一步高一步往前走。长征路上我身体一直不好，时常犯病，在当看护员的时候就因此经常掉队，到了董老这里我又多次掉队，有时他们到了宿营地我还到不了，有些事情只得董老自己做。照顾好董老是我的职责，也是革命需要，没有照顾好他，我自己感到很内疚。相反董老却很关心我，长征路上我两次不小心掉到河里去了，都是董老及时救了我，使我脱离险境，转危为安。我内心对他充满了感激。

董老虽然年纪大，地位高，但他对生活的要求不高，生活上非常随意，从不提任何额外要求，一些生活中的小事也从不过问。在他身边工作心情很舒畅，很愉快。他把时间和心思都用在了思考中国当前的革命斗争和未来的发展方向上。没事儿时他就看书，他喜欢看书，包括看俄文版图书，有时坐在马上他也读书。他还经常教我识字，我的文化底子基本上都是在董老身边打下的。

红军在贵州待了3个多月，正好是冬天。在这里我们党召开了决定中国革命前途和命运的遵义会议，改组了中央领导机构，确立了毛主席在党中央的领导地位。这成为红军和中国革命的转折点，从此中国革命迈上正确的发展道路，开启了从胜利走向胜利的新征程。

遵义会议期间，我们住在贵州军阀王家烈下面一个军官的别墅。别墅三层楼，里面都是很现代化的，不仅有电灯电话，其他设备都很齐全，还可以泡澡。董老自瑞金出发到贵州没有好好理过一次发，有一次自己拿剪子剪胡子。到这里后休养连找了一个理发师，给老同志理发，给同志们修的胡子也很好。

长征途中，红军一路积极宣传共产主义理念。毛主席讲长征是个宣传队，走到哪里宣传到哪里。那时每个师每个团都有宣传队，在红军经过的地方宣传共产党的主张，传播革命思想，取得群众的信任和拥护。经过少数民族地区时，我们会带些礼品送给他们。少数民族很少有绸缎这些细软的纺织品，或者洋瓷缸子、毛巾这些东西，所以他们收到这些礼物后都很开心，特别是当他们知道红军是老百姓的队伍，更加高兴，对我们一点也不怕了，都跑过来迎接和欢送我们。我们的宣传工作很厉害，国民党去不了的地方我们去了。这也是共产党取得革命胜利的根本原因，因为共产党得到了人民群众的真心拥护和支持。

后来，我们继续北上，跨越金沙江、抢渡大渡河，翻越雪山，穿过草地，强夺腊子口。过了腊子口，我跟随董老爬上一个山头，远远地往北一看，非常开阔，祖国的壮丽山河尽收眼底。这时候心情特别舒畅，忘却了一切的艰难险阻。

经过一年的长途跋涉和艰苦作战，中央红军终于进入陕北红色根据地。第一个到达的地点是吴起镇。为了把尾随我们的东北军挡在根据地外，毛主席指挥我们在这里打了一仗。当时，我们和董老一起在红大干部团，那一天我们负责断后，追击我们的敌人就在我们要进吴起镇的时候赶来，我们迅速通过一个200米左右长的平坝子，保护董老他们骑着马赶紧跑，平坝的尽头是一个高台，高台右侧有一座山。在平坝外面我们快速构筑了一个工事，封锁了敌人的追击。敌人攻击受阻后就拐到右边山上，准备抢占山头，在高台上有首长指挥我们上百人的部队抢先占领那个山头，向敌人发起猛烈射击，把敌人打得无还手之力，只得狼狈逃窜了。董老等中央领导安全到达吴起镇，与陕北红军胜利会师。

红军长征到达陕北后，我们先是住在宝安，后是瓦窑堡，以后又回到延安。到延安后董老叫我去中央党校预备班学文化，将来可以更好地工作。董老是中央党校的教务主任，罗迈是校长。预备班还没怎么上课，西安事变发生了，全国形势一下大变。这时候中央党校的教学任务马上就变了，要面向全国，吸收大量的过去国统区地下党的同志。这样不少我们党长期在国民党内部的秘密工作者都要到延安来学习，这是新形势下的新任务。他们主要学习全面抗战开始后，统一战线条件下我党的政策和策略，以统一全党的思想。中央党校容纳量有限，两个预备班就不训练了，腾出位置来接收国统区的干部。这时董老被安排到国统区去做统战工作，教务主任交给成仿吾。而我也从董老身边离开，从事新的工作，接受新的教育。在工作和学习中我坚持不断锻炼自己，提高自己。

延安的学习生活

鲁迅师范学校要招收一批参加过长征的战士学文化，我便从中央党校转到那里继续学习。徐特立是边区政府的教育部长，也是鲁迅师范学校的领导。为了摸清我们的文化底子，徐老组织了一次文化测试。之后他便让我们在鲁师搞个研究班。因为我识字不多，就说我不适合搞研究，还是适合做实际工作，结果给我安排了保管科科长的职务，负责保管学校的各种学习资料、教材、纸张等物资器材，实际上是边工作边学习。这样既积累了工作经验，又提高了文化水平，两全其美。一年多以后，鲁师搬到关中旬邑县，那里办了个陕北公学分校，成仿吾当校长。鲁师到关中以后，我负责采购、保管、分发等工作，同时搞好自身的文化学习。

那时候国共已经开始闹摩擦了，鲁师所在的职田镇，国民党就经常搞些摩擦。但我们还是尽量做好统战工作，争取最大限度的国共合作，团结一心，共同抗日。可是国民党顽固派不顾民族大义，执意挑起事端，搞经济封锁、军事挑衅，这样边区政府就遭遇了困难，我们的生活就不好过了。为了打破国民党的封锁，党中央号召全体军民自力更生，开展大生产运动，我们也参加了大生产运动，我被派去找一个荒芜的山区，找地种植农作物，并负责筹集生产工具。很快鲁师便到这里安营扎寨，开辟了一个生产基地。

可是，仅仅生产了一季，鲁师就接到命令，撤销建制，学员基本上并到延安中学。领导机构、教职人员由边区政府教育部统一分配。我当时提出来要再学文化，要求延安中学安排我到党校学习。因为中央党校停止招生，西北党校也暂停招生，学生全部分配到各个解放区和国民党统治区去工作。所以我就被分配到中央肺结核疗养所。几个月以后，我又调回中央局行政管理局，担任采购员，负责中央纸墨文笔这些东西，再后来又负责筹集礼堂建设的木料，还负责管理车队。礼堂建设快收尾的时候，日本帝国主义轰炸延安，延安要搞防空，打土洞，我又被抽调去负责防空洞的建设了。

1941年至1942年边区还在继续搞生产运动，各个机关都要搞生产。为了减轻负担，中央局决定派六七个干部到财政厅去工作，报酬就作为我们生产的资金。区政府财政厅正好在绥德、米脂这些地方招了一批中学生，办了一期三四个月的短期财会训练班，我到那里当指导员。财训班结束后，我又回到财政厅，继续担任文书、保管员、采购员。以后我又转到被服局，待了大概有两年左右，负责物资方面的保障工作，兼服务社的主任、经理科长。

在延安10年，是我参加革命以来学习革命理论和文化知识的黄金时期。因为有组织安排我专门学习，加上相对比较安稳，我得以不断用知识充实自己，提高自己。即便在工作中，我也是坚持边干边学，这样日积月累，年复一年，我从一名入伍时的文盲小兵，成长为一名拥有一定知识的青年干部，使自己有更好的条件做好革命工作，能够为民族的解放事业多做贡献。

东北支前

1945年秋，组织上安排我离开被服局，到西北党校学习深造。但是还没有正式开学，日本就投降了。当时党中央的方针非常明确，就是要在国民党到达之前抢占东北。根据党中央的指示，西北局在延安边区系统组织了一个 120 多人的干部队到东北去。那时候我在西北党校，有一个领导就说，现在党中央西北局都要求我们到东北去，加强东北的建设，谁愿意去请报名。听了他很简单的几句话，我便报了名，第二天宣布被录取了，过了几天就出发了。我们干部队有十几头毛驴运行李等物品，都是一站一站由老百姓组织护送的，从延安出发到绥德、米脂，再到吴堡过黄河，其后途经兴县、五寨、大同，以及张家口。那时国民党已经占领热河、承德、山海关、沈阳，我们不能走那边了，只好转到赤峰，这里有好多土匪，有的是国民党的政治土匪，有的是经济土匪，经常抢老百姓的东西。我们在赤峰住了个把月，三番五次催东北局派车来接我们，最后派了 4 台车，大家都非常高兴。但到了唐安，西满军区想卡住我们队，留着他们使用，我们没同意。他们没有办法，只好放行，就到了齐齐哈尔。黑龙江省军区又不让我们走，想把我们这批干部留下来。这次我们有经验，一到齐齐哈尔我们就先派了 3 个人自己买票到哈尔滨，去联系东北局组织部。结果东北局知情以后让省军区给我们放行，这样我们终于到了目的地哈尔滨。哈尔滨是当时东北局所在地，也是民主联军指挥部所在地。到了那里以后，很快大多数人都被分配到基层工作。因为我们是边区政府组织的，不是军队干部，因而大部分都当了地方上的县长、副县长，安排了一定的领导职务。

我当时闹疟疾，哪里也去不了。后来他们看了我的档案，叫我还回到军队，到东北民主联军总后前支供给部任粮秣科科长。当粮秣科科长以后，我不断接到给前线运送粮食的任务。除了负责筹措粮食和运输外，还要学习了解市场的情况。东北生产条件好，粮食十分丰富，所以我这个粮秣科科长很好当，我住在哪里就找哪里的粮食部门，找当地县委、地区的领导，他们从不怠慢。前方部队要什么，什么时候要，我就什么时候组织运到。

前支最高领导是司令员兼政治委员钟赤兵。有一次他说国民党在哈尔滨从西到南环形地带布置了大量的军队，准备围攻哈尔滨，他限我在指定时间内为我军这条防线上运送 60 万到 80 万斤粮食，完成不了就要军法从事。我接到命令以后，马上找粮食部门和兵站联系。兵站部站长黄朝路是个老红军，和我很熟，我只要筹到粮食就直接给他打电话，要他派多少台车，按照时限把粮食送多少送哪里。他也不敢怠慢，总是雷厉风行组织车辆运输。这个任务完成以后，我还特意向司令员做了已按时完成任务的汇报，司令员很高兴。后来我又负责东线部队的后勤，负责供给围攻四平、长春部队的粮食。我经常跟随六纵、三纵、九纵、一纵，住在他们那里解决粮食供应问题。部队打到哪里我就跟到哪里，在前面供应，从来没有耽误部队用粮用草用马料。我在东北这几年，组织粮食供应没有发生任何问题，所以后来我作为模范工作者受到东北局通电嘉奖，说我粮草供应做得好，保障了作战部队粮草的充足供应。

伴随着中国革命前进的步伐，在血与火的战争环境中，我写就了自己光荣的人生。无论前路多么艰难，环境多么险恶，我都始终不渝地跟着共产党，走革命路，做革命人。我从参加中央苏区红军时的一名"红小鬼"，成长为一名信仰坚定的马克思主义者、理想崇高的共产主义战士，为争取民族独立、为实现社会主义的伟大事业做出了自己的贡献。

整理：吕彦霖

编辑：彭仕安

血与火的战场锻炼我成长

李 逸

口述者简介：李逸，原名李容盛，江苏阜宁人，1928 年 4 月 1 日出生。1945 年 1 月 20 日于江苏射阳参加新四军，在三师特务团三营八连任战士，后任见习文化教员，1946 年 5 月加入中国共产党。历任连队党支部书记、副指导员、指导员，396 团政治处青年股股长、132 师政治部青年科科长，385 团政治处主任、团副政治委员兼政治处主任，396 团（原385 团）政治委员，1964 年任 132 师政治部主任。战争年代参加过辽沈战役、平津战役，四战四平战役参加了 3 次，荣立大功 3 次，荣获三级解放勋章，独立功勋荣誉章。1982 年任湖南吉首军分区正师职顾问，1983 年离休。

我叫李逸，是一名自豪的中国军人，亲历过两次抗日战争、解放战争、抗美援朝战争，由于我在作战中的英勇表现，先后荣立两次大功，一次在彰武战役，一次在天津战役。在其他作战行动中，还荣立过两次小功。特别荣幸的是，在生与死的战争环境中，经过血与火的考验，我光荣地加入了中国共产党，成为一名理想信念坚定的共产主义战士。

我的家乡在江苏阜宁县。1945 年 1 月 20 日，在阜宁县七区区委书记吴清明的积极动员下，我跟着他参加了新四军。参军前，我是儿童团长，经常参与讲演《新民主主义论》，对日本鬼子恨之入骨，"坚决打倒日本帝国主义"早在心中扎根。因而当我入伍来到新四军三师46团驻地后，一心想着上战场打日军。所以当分配我去当卫生员时我怎么都不愿意，执拗地请求领导"我要拿枪打日本鬼子"，就连团政委做工作也没能改变我的主意，这样我便如愿分配到了八连。

到连队不久，我就参加了淮阴战役。淮阴是战略要地，坐落在运河边上，由汉奸潘干臣带领的伪军据守。战斗打响后我们负责攻打南门。由于地势险要，攻城必须爬上城墙。当时我们一门迫击炮只有四发炮弹，但打得挺准，炮弹打到南门城楼上，部队在火力掩护下发起攻击。我们准备了一个过去飞机投掷没有爆炸的炸弹，绑了六个手榴弹，将它运到城墙底下。这个城墙由于年久失修，砖头都有些腐朽了，有些还烂掉了一部分。我们把炸弹推到那个烂的位置里面去引爆，可是怎么都不爆炸，敌人的火力从城墙上像下雨一样打下来了。幸好东门的爆破成功了，那侧城墙被炸开，友军趁机一鼓作气冲进城内，敌人惊慌失措，开始逃跑，我们也顺利冲进城内剿灭敌人。肃清残敌后，我们便紧急抢救伤员，把他们迅速抬到城外面的仁慈医院进行抢救。

我印象最深刻的就是日本投降的那天晚上。那晚我值班，负责查岗查哨，看到三师师部门口的灯特别亮，正好奇时，忽然听到有人说日本鬼子投降了，我马上跑过去，弄清楚是真的后高兴得不得了。我激动地赶快往回跑，去找我的指导员郭启，连忙告诉他："作战处那里灯亮了，说是日本鬼子投降了。"他说："真的吗？"他立刻从床上爬起来，就这么一闹，全连官兵闻讯都起来了，大家欣喜若狂，欢乐得不得了，一夜没睡觉。抗战结束了，我们终于取得了胜利。

1945年11月，在组织的命令下，我们三师北上出关，进入东北，随身携带的都是抗战时期的陈旧武器，而且缺乏补给，处境十分艰苦。我们穿着薄薄的棉衣冒着严寒进入林海雪原。当时我们所在三营的教导员叫李鹏，他得知沈阳外面30华里一个叫马山夹子的地方有个日本仓库，里面有各种被服和武器装备，也没有人看管。于是，他报告上级同意后就把部队带到仓库，进去后发现毛衣、大衣、皮大衣、棉皮鞋、棉袜子、毛袜子、皮帽子应有尽有，当即统统用火车拉到易县，把部队装备起来。这既使我们顺利度过了寒冬，又调整了部队的精神状态，提振了部队的高昂士气。

刚到东北的时候，我生了一次大病，叫出血热，这是东北的地方病，也是一种传染病，老兵说传染性很强。我患病后高烧不退，鼻子出血不止，也不知道连队给我服了什么药，病情总不见好转。当地老百姓说有个偏方，用一只老母鸡和一节人参就能救。于是连队想办法给我找到一节人参交给房东。房东就把鸡和人参放在一起熬汤，熬完就给我喝汤，喝了几次，果然鼻子就慢慢不出血了，烧也退了，老百姓说得救了。患病期间，我差不多一个月都是躺在老百姓家炕上，指导员陈立雨始终独自一人照顾我，宽慰我。多亏了指导员的悉心照顾，多亏了房东老乡的热心帮助，我才活了下来。

后来我们转战到了蒙区，接着进攻通辽。国民党军队闻讯而逃，只剩下土匪。东北人不叫土匪，叫胡子。眼看形势不妙，胡子也要跑。如果让他们跑了，后患无穷。为了避免不必要的伤亡，我们派一名指导员去做胡子的工作，劝告他们弃暗投明，改恶从善，缴械投降。没想到这群土匪顽固不化，把指导员扔那里，还是逃跑了。我们部队是大年三十进的通辽城，我们就在那儿过了春节。节后出发去打齐齐哈尔和长春。当时长春在苏联军队的管控之下，苏军不让我们进，只好在长春城外守着，等谈判的结果，但是始终没有结果。突然有一天我们得到通知，说明天早上六点苏联红军撤走，长春苏军不管了。第二天等苏军的火车一出站，我们就立刻吹响冲锋号，进攻长春。当时占领长春的是原来伪满洲国的部队，后来被国民党改编，成为国军先遣旅，叫"铁石"部队。我军经过五天四夜的战斗将长春国民党守军全部歼灭，长春终于回到人民的怀抱。

随后，部队进行改编，我们团编为 132 师 394 团，改编后打的头一仗是彰武战役。彰武县这个地方不大，敌人住了一个师，师长叫乔文礼，是从山西调来的。他善于营造工事，这加强了彰武的防御，自诩任何人也无法攻下。我们师奉令攻打这座城，394团负责进攻城的西门，冲锋号一吹我们三营就发起进攻，担任前锋的八连一下子就下了护城河，冬天护城河都是结冰的，可是一直没看到有人出来，人都不见了。营长马振纪趴到边上往里想看个究竟，突然被敌人一枪打到了脑袋，副营长杜振泽接替了指挥，命令我们下去进攻。我们连刷刷冲下去了，一边打一边冲。我后面的通信员被一枪打在肚子上，倒下了。我在冲锋的时候用眼睛快速瞄了一下地形地貌，发现护城河墙角有个暗地堡，就贴在这个水面上。敌人杀伤我们的火力点就在这个墙脚底下。我马上往前飞奔，跑到副连长施振德身边，让他赶快指挥部队打这个墙角。这个墙角四四方方，墙角上有洞下去，可以直达城墙底下，底下安了两挺重机枪，两挺轻机枪，有十几个步兵守这个暗地堡。我们冲下去就把暗堡里的敌人缴械俘虏了，没杀一个人，因为我军优待俘虏。随后，我和钱安良副排长拿个大爆破筒，他在前面，我在后面跟着，直接将城门轰掉。里面都是敌人，我们就命令他们放下枪不准动，我和钱副排长靠在墙边站着，这时我们连在外面直接把这一面墙炸开了，我们两个被压在了墙底下，部队冲进来消灭了敌人，可是我们两个也负伤了。经过激烈战斗，我军全歼国民党守军，解放了彰武城。

随后我参加了第二、第三次四平会战。这是两次攻坚战，我们负责攻打西门，从西门往东打，打过铁路。当时四平是公路、铁路的枢纽，是向东、向西、向南、向北的必经之地。驻守四平的是陈明仁的71军，很能打。四平战役打了很久，我们伤亡很大，死伤一大半。二打四平刚开始打得还顺利，在我军猛烈攻击下，国民党军退缩到四平火车站和四平街东北角一个叫万子辉的地方，这两个地方都易守难攻。我们打的是万子辉，陈明仁在这里构筑了坚固的防御工事，有很粗的钢筋，房子也高，防御阵地一个挨一个，我们在外面怎么用野炮轰击也摧毁不了敌人的防御阵地。敌人拿着自动武器对我们进攻的部队进行疯狂扫射，打得我们抬不起头来。后来，敌人的援军赶来，面对不利的战场形势，我军便撤退到长春一带，转入剿匪。

我们刚到东北时，当地老百姓觉得我们新四军穿的衣服比较破旧，而国民党军队穿戴却很正规整齐，因而有点看不起我们，也不太愿意和我们亲近，可时间一长就不一样了。日军投降后，很多伪满洲国兵成了土匪，他们抢劫掳掠，无恶不作，老百姓痛恨至极。我军到达东北后，从 1946 年下半年到 1947 年，在东北开辟根据地，搞后方建设，发动群众开展"两个运动"：一个是大规模的剿匪运动，另一个是轰轰烈烈的土改运动。这些措施安定社会，稳定民心，造福百姓，使人民群众对解放军有了全新的认识，明白了我军是为人民谋利益的人民军队，是老百姓自己的队伍，因而我们赢得了人民群众的广泛拥护和支持。他们踊跃支前，积极参军，形成了军爱民、民拥军的良好局面。

我们部队负责剿灭北大荒的土匪，这股土匪势力很强大，有几万人，土匪的头目叫吴蛮有，老百姓对他们恨之入骨。北大荒地域广阔，人烟稀少，遍地都是野草，还有很多虫子，常常走几天都见不到人家，我们就在这种艰难的环境里"围剿"土匪，有时候在草丛里走着走着，忽然就跟土匪打起来了。由于土匪熟悉地形，他们往往比我们占有先机，但他们是惊弓之鸟，畏难怕死，我们却意志坚韧，作战英勇，无惧生死，加上部队作战经验丰富的老兵多，又有当地老百姓包括赫哲族、鄂伦春族等少数民族同胞给我们带路，因此尽管土匪十分狡猾，流窜性高，但是在我们军民携手并肩的合力"围剿"下，他们逃无可逃，藏无可藏，最终被我们剿灭殆尽。

完成剿匪任务之后，我们部队开始了新式整军运动和大练兵活动，提高了部队的战术、技术水平，然后参加了三下江南的历次战斗，取得了不少成绩。部队越打越强，成了响当当的主力。1948 年秋，我们接到上级命令，参加锦州战役。战役第一阶段是打锦州，已经是 10 月，天气变凉，我们 132 师负责进攻锦州南门。固守锦州城的敌人虽然很猖狂，但打下这座城市比较简单，没费多大周折，我们也没有伤亡多少人。这主要得益于我军战法正确，作战准备充分。战斗打响前，我们不停地轮班挖战壕，一直挖到离敌人很近的地方，手掌上全都是水泡。战壕有一人多高，两米多宽，小车都可以开进去。为了便于部队隐蔽，我们在壕沟边上挖了猫耳洞，部队吃喝拉撒睡都在那里。就这样我们在离敌人很近的战壕里做准备，炸药包什么都准备好了，只待总攻开始。中午 12 点指挥部一声令下，我军炮火猛烈发射，饱和式打一个方向，将战壕前的城墙全部打塌了，把敌人埋的地雷都给爆炸清除了，随后炮火延伸，我们就发起了排山倒海式的进攻，先头部队猛打猛冲，后续部队快速跟进，敌人没有做过多抵抗便纷纷投降了。打下锦州后，部队没有休整，立即转入战役第二阶段，歼灭廖雅湘兵团。当时东野的主力都在这里，把廖兵团围了个密不透风，很快就把他们全部歼灭，仗打得很顺手。

接下来，东北野战军南下参加平津战役。这时，我已经当了副连长。我们在攻打天津时，受到国民党守军陈长捷部队的顽强抵抗，部队伤亡较大。火炮攻击后，一连跟着炮火延伸率先发起了进攻，该连第一个扛红旗的人叫王农，他冲在部队前面，快速占领被我军炮火炸开的突破口，防止敌人来堵这个口子。果然一连刚刚展开半圆形守口阵型就遭到差不多一个营敌人的反击，一连的防御力量不够，紧要关头，上级命令我们连上去支援。我们连长姓邱，他指挥部队拼死阻击，终于击退敌人，还把被敌人抓走的我们的 17 个兵也救回来了。我们一鼓作气乘胜往前打。据守在一个油化工厂的敌人居高临下，向在平地上进攻的我们连队疯狂射击，全连官兵伤亡惨重。排长就剩下一个，连级干部就剩下我一个，战士也不到 30 个人了，但大家仍然舍生忘死地英勇战斗，一直坚持到晚上，营长才让我们连队暂时撤出来。第二天继续参加战斗，我们营负责打敌人一个师部，我们连担任主攻。敌人的师部驻扎在唐家口附近，离我们的进攻地点只有 400 米左右，底下是个大水塘，结了冰。上级命令我们从冰上突破，去试探敌人火力。我们二话不说，每个人都抱着必死的决心，保证坚决完成任务。首长一下达命令，我就冲向敌人师部，我一枪没开，敌人也一枪没开，我冲进大院一看，国民党有好多通信天线在那个地堡口上，还有那么多卫兵，我们不管三七二十一，直接攻进去。我们看到里面坐着个军官，他是国民党的师长，叫罗轩之，穷途末路的他不得不向我们投降了。就这样，敌人的师部被我们轻而易举攻下了。

天津战役结束后，我们被派往北平，准备参加北平战役，不过后来北平和平解放了，我们就按照命令跟随部队南下解放广州。广州解放后我们132师负责警备广州。当时广州形势复杂，秩序混乱，国民党特务多，散兵也多，他们扬言，要让我们红的进来，黑的出去。可是我们的革命立场很坚定，始终保持政治本色，不受敌特拉拢腐蚀。叶剑英是广州军管会主任，他亲自抓工作，部署很严密。我们按照军管会的要求，不分白天黑夜逐条街道、逐座楼房搜捕潜藏的敌人和特务。那时我在侦察连，一天到晚都在侦察敌人的动静，忙得不可开交。有时晚上国民党飞机来了，有些街道打出照明弹，照亮了天空，都是国民党的潜伏人员为飞机指引目标打的，还噼里啪啦打枪。为了尽快干净彻底地肃清敌特，我们在城内的每个十字路口都堆上沙袋做好防备，而后按照计划，开展地毯式的全城大搜捕。我捕获了一部分残敌，剩下的见势不妙，不顾一切地逃亡粤北。132师派出了部分兵力一路追击，连续作战，在粤北地区剿灭残匪。1950年夏天，有股盘踞在韶关以北的土匪，势力较大，老百姓都称他们为"大天二"，不少从广州城内逃出来的敌特与之狼狈为奸，戕害民生，作恶多端，我们在群众中探听消息，循踪"围剿"，在人民群众的积极配合下，最终对土匪形成大包围，这些土匪有的被打死，有的被生擒，被生擒的罪大恶极者，经审判后立即枪毙，以平民愤，很快粤北地区就太平了。老百姓终于能够安居乐业了。

解放战争结束后，朝鲜战争接着爆发了。师首长点名，让我北上朝鲜锻炼锻炼，随后我便加入了志愿军。132师共去了300多人，牺牲了6个，其他的回来了。我们坐火车到丹东之后立即做战前准备，特别是做好怎么防敌人空袭，到丹东的第三天就坐汽车出发了，晚上过了鸭绿江，而后顺着新义州的东边——成川和清水江的方向往前走。为了免遭敌机袭击轰炸，我们只能白天隐蔽，晚上行走，因而看不出战场变化情况，一直走到前线了，上级首长才宣布，这是志愿军十五军的驻地，随即我们被补充到了一线部队。志愿军十五军靠近东线以西，最东线是朝鲜人民军二十集团军，再往西便是紧挨着十五军的三十八军，整个区域叫蓬莱湖地区。

朝鲜战争中我们的交通线遭到敌机的轰炸，受到严重破坏，前线物资供应受阻，特别是五次战役时部队从汉城撤离的时候，食物补给跟不上，伤员往后运输也变得困难了。由于敌人穷追不舍，有的部队撤退途中失序失联，整建制的走丢，零零散散失联走丢的也很多，他们大多被敌人俘虏了，被俘军官中副主任、副教导员、副指导员多。因为我们部队过去有个规矩，就是打仗的时候这些副职政治干部是管后勤的，带民夫、带担架队，因而被俘了不少，直到战后才交换回来。

我军后勤补给线之所以遭受严重损失，主要还是美军空中轰炸太猛太狠。当时美军的侦察机，每天都能见到三四架。因为它黑乎乎的，我们都叫它"黑寡妇"。它飞得特别高，给人感觉飞得慢，就像是吊在空中，在高空拍照、监视，有时"黑寡妇"晚上也出动，在空中放个照明弹下来，能亮 16 分钟左右，以此对我军进行侦察，接着便对我军阵地和后勤补给线特别是火车、汽车及支前民工实施狂轰滥炸。为了改变这种被动挨炸的局面，洪学智发明了防空哨兵，就是规定在我军运输线上每一华里路部署一个防空哨，敌军从南边飞来，防空哨兵侦查到立即往一里外的北边防空哨打枪，那么北面就知道敌人的飞机来了，这样一站一站传下去，使部队能够紧急做好防空，减少或避免损失。这种防空哨搞了好长时间，从 1952 年一直持续到 1953 年，有的地方是朝鲜人民军负责的，有的地方是我军负责的。这是一种简便有效的防空方式，既保证了我军运输线的畅通，又大大降低了我军人员伤亡和物资损失。

我们 132 师赴朝参战牺牲的 6 个人当时坚守在上甘岭，敌机轰炸的时候，躲在交通壕里隐蔽，炸弹落到他们身边，把整个战壕都炸塌了。上甘岭的战斗条件特别艰苦，坑道里的生活条件更是特别不好，而且充满了死亡的危险。我曾奉命到 45 师组织科，还到上甘岭那个前沿阵地的好几个点执行任务。在 45 师最前沿西侧的阵地里，有 17 个士兵。我是被一个兵带着去的，当时快到下午了，走到上甘岭的西侧，他叫我拉开和他有 30 米的距离，他在前面跑，然后不停地回头喊我快快快，我就听他的指令，他叫我快就快，叫我慢就慢，我一直跟着他跑。就在快到他们的工事时，敌人用五零式重机枪向我们扫射，打出来的子弹头落地会"啪啦啪啦"爆炸。子弹从我们身边飞过，所幸没有击中我们，我们俩毫发未损地飞快进入到坑道里面了。阵地里有两个大的射击口，17个战士，装备两挺苏式转盘机枪，其他都是自动步枪，全是苏式武器。还有做饭吃的锅和煤油炉子，都是烧煤油的。饮水非常困难，必须到山下的河里去偷，美国兵喝水也要去河里偷，互相偷。当时上甘岭就是这样子，那边是美国人，这边是志愿军，岭底有一条河，敌我双方都要偷河里的水。但是谁都知道一点，互相火力封锁射击太厉害都没有水喝，所以双方对偷水的官兵都会用火力阻止和拦截，说杀你就杀你，但也不会太过于凶狠，都心知肚明地让对方有偷水的机会。有了水，压缩饼干、罐头等食品才能咽得下去。坚守坑道的危险、艰难和压力是难以想象的。我去的那个坑道特别小，没一间屋子大，17个人挤在里面，特别难受。但坚守坑道的战士都有钢铁般的意志，没有一人叫苦叫累，没有一个人贪生怕死。完成任务后，我便穿过美军的火力封锁区，冒险下山复命。

上甘岭战役时，我军的武器装备已经比战争初期改善了很多，但和联合国军特别是美军的武器装备差距还是很大。对方的武器先进程度和数量都大大优于我们，可是他们的士兵不如我们的好，特别是意志不如我们坚定。可以肯定地说，敌人用大炮、飞机虽然能够摧毁我们的阵地、道路、桥梁、建筑、后勤补给线，但绝对不能够摧毁我军钢铁般的意志，待敌人的轰炸一停止，甚至还在轰炸的时候，我们就能抢救恢复被毁坏的一切。有时整夜不睡觉，紧急抢修关键工事。再加上老百姓支援，军民团结，共同抗敌，美国领导下的联合国军根本无法与我们相比。所以我们取得了上甘岭战役的胜利，赢得了抗美援朝战争的胜利。

战争结束后，我们从平壤向北撤回国内。平壤前面就是大同江，我们从平壤大街的南门进，北门出，渡过大同江，而后进入很干净的一条大街，边上插着木头牌子，写着"斯大林大街"，由于多年的战争，街上没有什么像样的建筑物，也没有什么人，穿过城区后进入平壤以北平原，才看到老百姓，他们都是战争期间逃散到这里的。为了生存，在路边挖了个不大的小土洞，就在那儿生活。这样一路撤退，我们顺利到达鸭绿江边的新义州，这里也有无数逃难的老百姓。在新义州，我们乘坐火车兴高采烈地回到了魂牵梦绕的祖国。不久，我便回到132师老部队，奔赴新的工作岗位，开启新的军旅生涯。

我从1941年初参军抗日到抗美援朝结束，参加过大小战斗无数次。艰苦卓绝的战争环境，使我坚定了信仰，磨炼了意志，锻造了能力。党的教育培养深深影响了我。在其后几十年的人生征途中，不管遇到任何困难和挫折，我都始终不忘初心，坚韧前行，矢志不渝地为军队建设、为党的事业倾心尽力，竭诚奉献，做到了无愧于党，无愧于国家，无愧于军队。

整理：吕彦霖

编辑：彭仕安

我在中原抗战中的经历 [1]

朱理治

作者简介：朱理治（1907—1978），江苏省南通人。1927年4月加入中国共产党。大革命时期，历任中共清华大学支部书记，北京西郊区委书记。第一次国内革命战争时期历任共青团江苏省委组织部部长、书记，河北省委组织部部长、代理书记、副书记，上海临时中央局和北方局驻西北代表团书记，陕甘晋省委书记，陕甘省委书记，中央东北军工作委员会委员兼秘书长，中央驻东北军特派员。抗日战争时期，历任中共河南省委书记，中原局委员、代理书记，新四军豫鄂挺进纵队政委，豫鄂边区军政委员会书记，陕甘宁边区银行行长，西北财经办事处副主任兼计划委员会主任。解放战争时期，历任洮南地委书记，北满分局秘书长，东北局暨东北民主联军驻朝鲜全权代表，东北军区后勤部副部长兼秘书长，东北银行总经理。新中国成立后，历任东北人民政府计划委员会副主任、主任，中财委计划局副局长、全国核资委员会副主任、物资分配局局长，交通部副部长、党组副书记，中央财经小组成员兼国家计委副主任，华北局书记处候补书记、书记，河北省革命委员会副主任。党的七大、八大代表，第五届全国人大代表，第五届全国政协常委。

[1] 本文选自朱理治回忆录《往事回忆》第八部分"河南省委、中原局和豫鄂挺进纵队"。原载《纪念朱理治文集》，中共党史出版社2007年版。

1937 年 5 月初，我在延安参加党的苏区代表会议，中央通知我，要我负责组建河南省委，并担任省委书记。随后，我又参加了党的白区代表会议，会上争论很激烈，我没有发言。会议快结束时，中央政治局常委开会，讨论会议结论，毛主席、张闻天、朱德到会，刘少奇、彭真、高文华和我列席。张闻天谈了他准备在白区工作会议上作的结论，对过去白区工作路线基本上采取了肯定的态度。接着是我发言，我主要谈了河北党在 1933 年大破坏，以后的省委对过去的做法有若干修改，组织有些恢复和发展，工作也有点进展。我发言后，朱老总发言，他认为全国白区几乎全部破坏完了，但河北尚保存几千党员，因此不能说河北犯了路线错误。毛主席在会上未发言。会后两天，少奇同志到我住处，说他不回华北了，要我回去。我对他说，我已接受了组织河南省委的工作，不能去华北。

当时长江局尚未成立，中央将长江以北黄河以南的四个组织交给了我。

第一是皖北特委。十年内战时，他们坚持下来了，保存有 60 个党员。书记是刘文，另有曹云露、张如萍、孙仲德，他们四人那时都到了延安。这个组织是比较清楚的，我们将刘文带走参加河南省委，将曹云露、张如萍留在延安学习，1938 年 1 月，中央派他们回皖北，到开封见过我。那时长江局已建立，我叫他们回皖北准备与发动敌后游击战争，以后到武汉找长江局，并把他们的关系介绍给长江局了。

第二是苏鲁边特委。他们在内战时期也坚持了下来，保存有 200 党员。书记是郭子化，那时也来延安参加白区代表会。为了审查这个组织并帮助他们工作，我们派刘文同志为省委代表到苏鲁边特委工作，他有肺病，坚持工作了 3 个多月就病倒了，以后到延安疗养无效，牺牲了。在台儿庄会战以后和徐州会战以前，因为山东省委已建立，陇海路又很快要被切断，所以把这个特委划山东省委去领导了。

第三是豫鄂边省委。保存有 60 个党员，并建立了一支 60 人的游击队，其领导人有张星江、王国华、仝中玉、周骏鸣。1937 年春，他们派了游击队长周骏鸣到北方局请示。因当时我党正和国民党谈判统一战线，有同志曾提出为了促进统一战线的形成，这支武装应当解散。他们不同意，又派周骏鸣找到中央，中央遂将这个关系交给了我。

我在延安研究了周骏鸣关于鄂豫边的报告，认为这是在中原实行毛主席战略思想的最好的依托。由于它红旗打出不久，国民党根本不承认它是统战对象，而且那地方土匪很多，是确山、泌阳、桐柏三县三不管的地方，只要斗争方式正确，它不但可以存在，而且可以大大发展；不但不会影响抗日统一战线的形成，而且可以成为在中原发动抗日游击战争的火种。所以，我代中央拟了一个指示，要他们根据中央抗日统一战线方针，从消灭和争取当地土匪的斗争中，大力扩大游击队武装，并和当地开明士绅与政府建立统战关系，以便争取合法存在，作为将来抗日武装。这个指示信经中央和毛主席批准后，由周骏鸣同志带回执行（信上还要他们把豫鄂边省委改为豫南特委，受河南省委领导）。后来，这支部队很快发展到 1000 人，并由周恩来同志与蒋介石谈判，编为新四军第 8 团，周骏鸣任团长，林凯任政委，开到大别山区，时间大概在 1938 年初。这支武装后来成为新四军 2 师一个旅的基础。

第四是河南工作委员会。内战时，河南党遭到多次破坏，组织已完全搞垮，在中央交给我时，还有党员 70 人，刘子久是书记。工委会的主力在洛阳，是吴芝圃利用中学教师在教育界发展的，大多数是洛阳偃师一带的教员和学生。其次，是沈东平、郭晓棠以许昌的县立师范和灞陵中学为中心发展的教员和学生。特别引起我注意的是，他们在西华县和地方势力胡晓初等人建立了统一战线关系。因此，我想在那里建立一个准备抗日的据点。

我是在 7 月下旬离开延安的。行前一天晚上，我去见毛主席。主席对我说："关于形势和任务，你都听了报告了，你工作的区域将是抗战的重要战略地区，望抓紧时机，在各方面做好准备"。这简单的几句话，包含着极有远见的战略思想，给了我很大的启发，并逐步形成了我在河南工作整个时期的指导思想。

为搞清河南工委组织情况，我离开延安后先到八路军总部所在地陕西三原县云阳镇办了个训练班，召河南的一些同志来受训。记得来过的有栗在山、杜青等同志。我一面向他们传达中央的方针政策，一面向他们了解河南党的一些情况。由于训练班只我一人负责，所以只能做些初步的了解。在那里，我和抗大的东北籍女学员苏菲结了婚，并与她一起前往河南。

1937 年 9 月初，我经洛阳到开封，不久即召开会议，成立了省委。委员有刘子久、吴芝圃、沈东平、刘文、郭子化、林凯（刘文、郭子化、林凯不久离开河南），以后加了彭雪枫、陈少敏、危拱之、王国华。省委的分工是彭雪枫做军事部长，林凯（后是陈少敏）做组织部长，刘文做苏鲁边省委代表，刘子久做省委宣传部长，吴芝圃做豫西特委书记，郭一青做豫西南特委书记，王国华做豫南特委书记，张维桢做豫中地委书记，沈东平负责西华豫东特委。豫北特委书记原为张海峰（后改名张萃中，新中国成立后是辽宁大学副校长），1938 年二三月间划归北方局领导。豫东南地委书记原为苗勃然，后来是一个名叫小舟的同志，姓记不清了。

省委成立后，首先抓群众性的救亡运动，发展党的组织。我们先在开封等城市开展学生抗日活动。抗战前，复兴社强迫高中学生参加军训，集体参加复兴社、三青团，因此，开始时在男学生中发展工作比较困难。我们便派省委妇女部长吴平以扶轮学校校长名义在女学生中活动，结果颇有成绩。北仓、女师等校的女学生都很活跃，是开展救亡运动的积极分子。接着，男学生也参加了。以后，平津流亡学生和留日归国学生相继来到开封，并建立了党组织。我们把两个党员学生头头吴祖贻和谢邦治吸收进省委，做青年部的正副部长，还组织了平津流亡同学会，在河南各城市组织青年抗日救国会。然后，我们有计划地把这些青年派到各县，发动与组织青年，搞统一战线，做游击战争的准备工作，从中发展党的组织。省委刚成立时，河南党员只有 70 人，到 1938 年底发展为 1 万人，并在绝大部分县里建立了党的组织，靠的主要就是这个办法。

那时，范文澜、王阑西、嵇文甫等同志和民主人士在开封合办了一个《风雨》周刊，每期发行 3000 至 5000 份，颇有一些影响。我们便让王阑西代理省委宣传部长，把《风雨》作为省委机关刊物，宣传党的政治主张。范文澜等人还在河南大学发起了一个游击战争训练班，我们派了刘子久同志去做教官。省委妇女部利用扶轮学校组织了一个孩子剧团，我们派了危拱之去领导。哪里工作打不开，就派孩子剧团去。党的组织还成立了战时教育工作团和光明剧团，到各县去进行抗日宣传工作。总之，我们用一切办法发动群众，为游击战争做准备。

其次，省委抓了建立武装和根据地的工作。省委筹备成立时，我们就反对取消内战时创立的鄂豫边红军游击队，并充分利用了它，发展了它。省委军事部长彭雪枫就驻在确山竹沟，办教导队，扩大武装，队伍发展到1000人，后被改编为新四军4支队8团，挺进皖东敌后抗日。同时在竹沟设立了8团的留守处，使竹沟成为中原地区抗日根据地一个重要的支点。河南省委迁到竹沟后，大力发展抗日武装。彭雪枫等从竹沟率新四军游击支队到西华县，与吴芝圃率领的豫东武装会师，挺进豫皖苏敌后，发展为新四军第4师。

太原、济南失守后，朱瑞同志从华北来，带给我一份刘少奇同志写的《抗日游击战争中各种基本政策问题》。这篇文章论证了游击战争是今后华北人民抗日的主要斗争形式，给了我很大的启发，更坚定了省委准备游击战争的信念。省委发出了准备10万武装的号召，把统一战线、群众工作、准备武装，都围绕在准备游击战争这一中心任务的周围。徐州会战后，恩来同志转来中央指示，要省委动员平汉、陇海两条铁路线上所有中心城市的大批学生、工人、革命分子到乡村去，组织与领导群众运动，准备去发动游击战争，组织游击队，建立根据地。我亲自沿平汉、陇海路到开封、郑州、许昌、信阳作了布置。在省委准备游击战争的号召下，各地党组织都做了准备，但因国民党在花园口掘开了黄河大堤，敌人被阻黄河以东，河南绝大部分地区没有沦陷，仅豫东几个县和信阳两个区被敌人占领。在豫东，吴芝圃同志利用他个人和睢、杞、太党员的活动，再加上从开封撤出的党员群众，发动了千人左右的武装。信阳两个区则发动了2000人的武装。经过是这样的：省委在开封时，国民党河南省政府内的同志反映，河南省各县县长中最年轻有为的是李德纯，所以，我派了危拱之同志率领孩子剧团到信阳，名义是演戏，实际是做统战工作。危拱之去后就和李德纯建立了统战关系，李德纯在我党的建议下，组织了2000人的自卫队，做了许多游击战的准备工作。后来，我们又派了刘子厚同志前去组织县委，帮助领导这方面工作并准备建立根据地。两区沦陷后，这两千武装即发动起来打游击。六届六中全会以后，少奇和省委又先后派了李先念、陈少敏从竹沟带了一些武装前去，帮助训练和领导这支队伍，使它成为豫鄂挺进纵队一部分的基础。后来，国民党命令李德纯部队撤回，遭到拒绝，国民党即通缉李德纯并准备进攻。我们分析这支武装如仍打李德纯旗号，国民党可以利用违抗"国府命令"的罪名加以打击，因此，我找李德纯商议，要他暂时到新四军总部回避一下，利用机会学习些革命理论和党的政策。他同意了，并要求加入共产党。我因他表现很好，同意了他的请求并替他起了个化名叫朱毅，派武装护送他去总部。以后，他便一直用这个名字，新中国成立后在国务院参事室工作。

当时，各县准备游击战争最早并最好的要算西华县。省委一成立，省委员沈东平同志即利用胡晓初、屈申亭、侯香山的统战关系，派王其梅同志去组织武装，准备打游击。后来，发现西华县长楚博是开封市委书记张漫萍同志的姐夫，所以派了张漫萍去做统战工作。从此，西华全县的武装都组织了起来，基干部队有3000人，枪支齐全。彭雪枫同志由竹沟去敌后时，也在该县得了一些补充。后因黄河决口，西华陷在黄河以西，该县先派了两个营，后来全部3000人马都过了河，参加了彭雪枫的部队。这支部队中党员相当多，西华县委还办过多批训练班。后来，楚博被国民党逮捕，临难表现很好。胡晓初到敌后被彭雪枫撤销了工作，旋被国民党逮捕，临难亦表现很好。沈东平同志则在敌后和日寇作战阵亡，他的牺牲对豫东党特别是对西华县工作是很大的损失。

第三，省委抓了扩大统一战线的工作，并在统一战线中坚持了独立自主的原则。河南省委原先是受中央直接领导，1937年底长江局成立以后，划归长江局领导，但长江局没有找我去汇报过。我曾让林凯将省委的工作布置及想法报告了长江局，王明不同意省委根据中央所决定的方针，派了林凯来省委，说这个报告"政治思想上有问题"。1938 年 5 月，中央关于徐州失守后华中工作的指示到了之后，周恩来同志召我和彭雪枫去武汉，传达了中央和毛主席的指示。因周恩来同志发言支持了中央的方针，所以我们没有理会王明那一套，仍根据毛主席指示的精神，布置我们的工作。王明路线的特点，是在统一战线中放弃党的独立自主，迁就国民党，给国民党涂脂抹粉，把一切希望寄托在国民党的正面抗战，把工作重点放在城市，不搞游击战争，不放手发动群众建立抗日根据地，而河南省委在认识上和做法上都和这条路线不同，对这条路线是进行了抵制的。我们在敌人未占领之前，便事先做好了游击战争的准备。在豫东沦陷的几个县和豫南沦陷的两个区发动了几千人的武装；在没有被敌人占领的竹沟留守处，先后派了五批武装去敌后，输送了几千个党员和干部到周骏鸣、彭雪枫、李先念部队，共同创立了这几个地区的根据地；在大城市发动万余青年、工人回乡参加与准备游击战争。

在河南省委党校，我担任统一战线教员，把抗战力量分为左、中、右，强调必须壮大左派力量，争取中间力量，孤立右派力量，打击日寇和投降派，完全是根据毛主席的思想来讲的，根本没有讲"一切经过统一战线"。因见长江局的《新华日报》很少谈组织与准备游击战争，我在该报上写了一篇《论准备与开展江淮河汉间的游击战争》（我那时用的名字除朱理治外，还有李迅和煌岗），号召党员和爱国志士起来准备与开展游击战争。此文发表于 1938 年 8 月间。在六中全会上，我紧接着王明的发言，根据中原的情况，驳斥了他的意见，这些都说明，当时河南省委是拥护中央路线的，并没有执行王明路线。但在六中全会以前，省委没有向长江局提出反对意见，这是个缺点。

1938 年 5 月，我和彭雪枫去武汉长江局开会后，即将省委搬到了确山竹沟。我兼竹沟留守处政委，在那里办教导队和训练班（即党校）。蒋介石曾有命令要撤销竹沟留守处，我们派彭雪枫同志见了卫立煌，卫立煌把这件事压下来了。8 月，中央指示要将河南省委划为两个省委，一个到豫东、皖北、苏北，一个留在竹沟。于是，决定由彭雪枫从竹沟带几百名武装和干部到西华，和吴芝圃领导的武装汇合起来。然后又补充了些武装，过新黄河，到敌占区成立新四军第 4 支队，并由彭雪枫、吴芝圃等同志组织了豫皖苏区党委。

9 月，我去延安参加扩大的六届六中全会。全会上，中央决定撤销长江局，成立中原局，由刘少奇任书记，委员有郭述申、郑位三、彭雪枫和我，同时决定将河南省委分为豫西区党委和豫鄂边区党委，前者由刘子久负责，后者由我兼书记；湖北省的鄂西北成立区党委，由王瀚负责；鄂中区党委先由钱瑛负责，后来改由杨学诚负责；鄂豫皖区党委先由郭述申负责，后由郑位三负责。再加上已成立的豫皖苏区党委，总共为 6 个区党委，统归中原局领导。

我于 1938 年底回到竹沟，成立了豫鄂边区党委（委员有李先念、陈少敏、危拱之、王国华、陶铸等），并传达了六中全会精神。随后，李先念同志带了竹沟的两个中队和几十名干部，前往四望山开辟敌后根据地。

1939 年 1 月底，刘少奇同志去洛阳布置豫西工作之后，经南阳到竹沟。当时中原局委员在竹沟仅有刘少奇同志和我，刘少奇总管全部工作，由我协助，其下未成立任何工作部门，有些必要工作，由豫鄂边区党委工作部门帮助来做。这时敌后需要干部极为迫切，为了节省干部，所以中原局机关精简到不能再精简的程度，刘少奇同志只有两个秘书，我主要兼豫鄂边区党委工作。刘少奇同志在竹沟先研究了豫皖苏边区工作，写了长达 4000 多字的指示信，后来又研究了鄂豫皖边区工作，也写了很长的指示。他还找钱瑛同志来，做了详细的指示，由钱瑛带回去向鄂中及鄂西北传达（传达后，因南方局要钱瑛，故去了重庆）；又找豫鄂边一些干部谈了话，作了指示。刘少奇同志的指示，对鄂豫皖边及鄂中如何发动独立自主的游击战争，如何建立根据地，如何扩大部队，如何做群众工作，如何建党；对河南及鄂西北如何准备游击战争，如何支援敌后，以及如何做党与群众工作，都十分具体明确。刘少奇同志在赴竹沟的途中及在竹沟期间，抽时间准备《论共产党员修养》

的材料，回到延安后，在马列学院做了报告。在竹沟，刘少奇同志还做了
《论党内斗争》的报告。3月，刘少奇同志离竹沟回延安，行前要我代理中
原局书记。鄂豫边及豫皖边因有电台，有事直接用电报请示刘少奇同志。我
则主要领导河南、鄂中、鄂西北三个地区工作，但重大问题，也转报中央向
刘少奇同志请示。

4月，为了加强敌后武装的领导，我派区党委组织部长陈少敏从竹沟带
了一二个中队去敌后，和李先念部汇合。区党委组织部长由危拱之兼任。
8月，区党委召开扩大会议，讨论巩固党的组织，选举出席七大的代表。
9月，我被流行感冒疟疾合并症传染，在病中看到鄂豫皖新四军给中央和中
原局的电报，知道鄂中五、六大队被敌人袭击，遭到损失，估计敌人反共高
潮即将来临。考虑到鄂中、鄂东、信阳、确山四个区域的我党武装，分别归
三个区党委领导，互不统一，有被敌人各个击破的严重危险，因此拟了电报
给中央，建议将李先念、陈少敏部，陶铸、钱瑛部，张体学、罗厚福部合编
起来，统一指挥，创立鄂豫边的敌后根据地。这时，刘少奇回到竹沟，我病
尚未好，他来告我，中央同意我的建议，决定我去鄂豫边敌后，做中原局代
表及新四军纵队政委，李先念任司令员。我领导鄂中、鄂西北两个区党委和
河南省委（豫西区党委及鄂豫边区党委合并，恢复河南省委，由刘子久、
危供之、王国华负责）。我们还商议，认为竹沟四周都是国民党统治区，在
形势日益紧张的情况下，再坚持已不可能，竹沟历史使命已完成，决定逐步
撤退。

1939年10月，刘少奇同志先带一部分机关干部和部队离开竹沟，赴苏
皖敌后。随后，我带300个干部和300人武装也离开竹沟，前往四望山与李
先念会合。行前，王国华、危拱之和我分析了竹沟的形势，认为当地的国民
党驻军68军和我方有统战关系，不会对我方进攻；敌人如使用地方武装进
攻，因其中有不少党员，会事先报告我们；留守处又有电台，可打电报给四
望山，四望山离竹沟只有90里，我和李先念都在那边，一夜即可赶到。因
此，给竹沟留有一二个中队武装和省委机关少数干部共200余人，准备第二

批撤退。我们走后 10 天，确山政府的地方部队果然来进攻竹沟。民团里的党员在敌人进攻前一天曾向留守处报告了，但因布置不够周密，被敌人摸进了竹沟城。后被我们发现，由王国华和危拱之组织抵抗，将敌人赶出竹沟城外。但因电台发生故障，没能发出电报，前后两次派人到四望山告急，又被敌人扣了。第三次派去的人找到了李先念和我，我们急派了周志坚同志率领一个旅整装出发。但不久即见到从竹沟突围出来的人，说我们部队和干部已突围到了龙窝。也考虑到叫周志坚到确山狠狠地揍他们一顿，但又考虑这样做，对我利少害多，所以即停止进军。当时也不知我方死伤多少人，为了揭露顽固派破坏抗日统一战线，由我方拟发了个电报，说国民党进攻新四军 8 团留守处，惨杀我方因抗日受伤的干部、战士和家属 200 余人。事后了解，实际没有那么多。

1940 年 1 月，朱理治与新组建的新四军豫鄂挺进纵队领导人合影。
左起：陈少敏、郑绍文、朱理治、李先念、刘少卿（美国记者史沫特莱摄）

11 月中旬，我在四望山召集豫南、鄂东、鄂中领导同志开会，根据刘少奇和中央决定，统一三方面的军政领导。首先是解决统一军事领导问题，决定将三方面的武装力量合编为新四军挺进纵队。在四望山会议后，我即和先念同志南下，沿途编制部队，先后编了三个旅和司令部的直属部队，大概有1万人的武装。以后到了大山头及八字门，又将鄂中、豫鄂边及鄂东三方面的党统一起来，成立了鄂豫边省委。记得我写了一篇《怎样做》的文章，曾印成小册子。开头是这样说的："我们的路线是订立了，这就是开展群众抗日斗争，扩大游击战争，壮大抗日武装力量，建立和巩固抗日政权。在壮大革命力量的基础上，准备应付任何可能到来的事变。"我在那里除研究财经政策，准备组织边区行政公署以统一领导各县抗日政府以外，曾想着重研究在游击区周围如何开展工作。鄂豫边敌后根据地建立在武汉外围，公路铁路很密，日寇武装力量和国民党武装都很强，当时仅国民党就有40个师包围着新四军，我们处在两大力量之间。那时，李先念和我认识到，在两大力量对峙下，只要善于运用策略，我们不但能存在，而且可以大大发展；假如国民党投降，或日本失败，他们间的矛盾没有了，集中力量对付我们，情况便会困难了，所以必须事先有所准备。我曾研究了蒋占区汉南和武当山的工作，但因不久我被调回延安，未能见到成绩。

我在河南的工作中也有许多缺点和错误，其中最严重的是项乃光叛变问题。项乃光在东北军东调后，是东北军内党组织的负责人，由长江局领导。1939年5月，51军的一个团拉了出来，长江局指示其中的党员干部要撤退。这样，项乃光、王西萍、贾陶等7个人来到竹沟。我因了解到他们在友军中有不少关系，故留项乃光和王西萍在中原局做友军工作。由于项知道的友军关系太多，所以他几次提出要出去工作，我都没有同意。但由于措施不力，他还是被派了出去，而且很快叛变，使友军中一些组织被破坏，给党造成了损失。这件事给我的教训很深刻。

附录

朱理治同志在发动中原抗日游击战争中的业绩 [①]

刘子久　任质斌　刘子厚　方正平　粟在山　刘放

朱理治同志是我们党内知识分子出身的老革命活动家之一。抗战初期担任河南省委和豫鄂边区党委书记，中原局委员，组织部长、代理书记，新四军豫鄂挺进纵队政治委员。他正确执行了党中央的路线、方针、政策，坚决贯彻了党的六届六中全会精神，灵活运用我党战胜敌人的三大法宝——统一战线、武装斗争、党的建设，在放手发动群众、准备与发动中原抗日游击战争、发展壮大人民武装力量；在创建新四军豫鄂挺进纵队（第5师前身）和豫鄂边区抗日根据地斗争方面，竭忠尽智，恪尽职守，做了大量工作，做出了卓越贡献。

西安事变和平解决后，全国大规模内战停止，抗日民族统一战线正在形成，我党面临新的历史时期和新的斗争任务，迫切需要恢复、重建白区党组织，转变白区工作方针和斗争策略。为此，党中央1937年5月在延安召开了白区代表会议，总结党在白区工作的经验教训，批判了"左"倾关门主义的错误，阐述了党在白区工作的基本方针和斗争策略。就在这次会议期间，中央决定成立河南省委，指定朱理治同志任省委书记。在他离开延安前夕，毛主席亲自与他谈话，指出河南将是抗战的重要战略地区，要抓紧时机，在各方面做好发动抗日游击战争的准备。毛主席的话给他以极深刻的印象。后来，他又学习了刘少奇同志的《抗日游击战争中的基本政策》一文，更坚定了准备游击战争的信念，形成了他在豫鄂边区工作时期的指导思想。

朱理治同志离开延安后，首先来到陕西三原县的云阳镇，在红军前方总

①原载《人民日报》1985年12月20日第5版，有删节。

司令部帮助下，开办了党员训练班，召集一些河南地下党员汇报情况，学习党在新时期的任务和党的白区工作方针、斗争策略。9 月，朱理治到洛阳接见豫西特委负责人吴芝圃、郭晓棠等，传达了白区代表会议精神，听取了豫西情况汇报，随即赴开封，与河南工委负责同志刘子久、沈东平等会合，组建了河南省委。省委成立后，立即根据中央路线，以准备与发动抗日游击战争为中心，放手发动群众、广泛开展统一战线、恢复重建各级党组织。党在河南各阶层人民中的政治影响迅速扩大，党的各项工作都得到蓬勃发展。

一、高举抗日民族统一战线的旗帜，广泛宣传中国共产党坚持抗战、坚持抗日民族统一战线的主张，放手发动群众，积极开展各项抗日救亡工作。

当时，省委在开封以王阑西、范文澜、姚雪垠、嵇文甫等创办的《风雨》周刊为党的机关刊物，宣传党的抗战主张，分析讨论抗战形势，指导抗日救亡斗争。1937 年 11 月，朱理治在《风雨》周刊发表《回乡工作的基本任务》一文，号召青年学生到农村去宣传抗日，组织民众团体和民众自卫队，动员群众支援抗战。1938 年 1 月，他公开以省委名义发表《保卫河南宣言》，主张以国共两党作为中心骨干，实现全河南一切抗日力量的大团结，号召全省同胞誓死保卫家乡、保卫河南。2 月以后，他又以李迅为笔名连续发表了《普遍组织全河南的农会》、《论保卫河南的武装民众工作》等文章，指导各地发动、组织群众的工作，对各界人士产生了颇大的影响。

在开展抗日救亡工作上，开头吴祖贻以平津学联名义在青年中活动，吴又以扶轮学校校长名义在妇女中活动，以后平津流亡学生和留日归国学生相继来到开封，省委把他们组织起来，建立了党组织。在党的号召动员下，范文澜在河南大学开办了游击战争训练班，组织农村服务团、战时教育工作团；开封的青少年学生成立了光明话剧团、开封孩子剧团，分赴各地进行抗日宣传，组织民先队、青救会、妇救会、农救会等群众团体，广泛开展抗日救亡活动，推动了全省的抗日救亡工作。

二、组织领导了河南各地及湖北部分地区党组织的恢复和发展工作，为开展抗日游击战争奠定了一定的基础。

十年内战时期，河南的党组织多次遭受严重破坏，老党员数量很少，许多县区没有党组织，有党组织的也很不健全。朱理治同志把恢复、整顿、重建各级党组织，作为重要任务来抓。省委先后派刘子久、彭雪枫等将豫鄂边省委改组为豫鄂边特委，并对许昌中心县委和苏鲁边、皖西北特委进行了整顿，新建了豫北、豫东、豫东南、豫西南特委和开封市委。各地党组织的迅速恢复和重建，使河南人民的抗日斗争有了坚强的领导核心。

1937 年 11 月，省委就建立和发展党的组织问题，作出了关于克服关门主义，纠正自由主义的决定，并认真贯彻党中央和少奇同志关于克服"左"倾关门主义和大量发展党员的指示，及时指导和推动了党的建设工作，使党组织有了很大发展。从 1937 年秋到 1938 年秋，仅仅一年时间，就恢复和新建了九个地、市、中心县委，河南黄河以南的 64 县，有 59 县建立了党的组织，全省党员由 100 多名发展到 8000 余人。在党员数量有了大发展后，又及时抓了新党员的教育工作。豫鄂边的竹沟、豫东的西华、豫西的渑池等地，都开办了党员训练班，轮训了大批党员干部。省委还在竹沟创办了《小消息》报，运用报纸宣传群众、教育党员、指导工作。党组织的恢复、重建和发展，积蓄了党的力量，提高了党员素质，加强了党的战斗力，从而为开展抗日游击战争奠定了一定基础。

三、广泛开展对友党友军的统一战线工作。朱理治同志在直接领导河南省委工作和主持中原局日常工作时，对友党友军广泛开展了统一战线工作，多次派人到国民党一、五战区及所属的党政军民组织，包括战区司令长官程潜、卫立煌、李宗仁，河南省主席商震、刘茂恩，68 军军长刘汝明，地方实力派别廷芳，地方士绅王友梅等处，广泛地进行建立抗日民族统一战线的活动，宣传了我党我军的抗日主张和统一战线政策，扩大了党的影响，争取和结交了许多抗日的朋友。据 1940 年 4 月朱理治在《创造华中武装部队的经验》一文中介绍，当时在河南及苏鲁边和我党建立统一战线关系的有 5 个专员、18个县长、5个地方实力派及3个国民党县党部。

朱理治同志特别重视西华地方实力派胡晓初等和具有抗日进步思想的信阳县长李德纯，他派沈东平、王其梅发展与胡晓初已建立的友好关系，在西华办训练班，组织武装。开封市委书记张漫萍与西华县长楚博有亲戚关系，他便派张去做楚的统一战线工作，使西华的3000武装取得合法名义，各级政权与我合作。他还派危拱之率开封孩子剧团去信阳，和刘子厚一起与李德纯建立了良好的合作抗日关系。李在我党建议帮助下，组织了2000多武装的自卫队，有效地促进了我党领导的信阳地方武装的发展和抗日游击战争准备工作的开展。

四、大力准备、发动抗日游击战争，为发展中原敌后抗日武装输送干部和基干队伍。

根据党中央、毛主席、少奇同志的指示，河南省委和朱理治同志非常重视抗日武装斗争，把准备发动抗日游击战争列为党的中心任务。1937年5月筹建省委时，朱理治就根据朱德总司令指示，否定了认为豫鄂边区红军游击队的存在妨碍了统一战线应予解散的意见，要这支武装根据党的抗日民族统一战线方针，与当地开明绅士及国民党政府建立统一战线关系，争取合法存在，发展壮大自己的力量，作为发动抗日游击战争的火种和将来组织抗日武装的骨干力量。豫鄂边区游击队的领导者周骏鸣等正确执行了这一指示，部队很快发展到近千人，经周恩来同志与国民党谈判，编入新四军序列，以后发展为新四军2师5旅的基础。

1937年底，保定、济南失陷，战线南移到黄河沿岸，省委预见到江淮河汉之间的中原大地即将变为战区，因而可能沦陷。从那时，就进一步加紧了准备发动抗日游击战争的工作。1938年3月，省委发布了关于发展十万抗日武装的决定，确定党的各项工作都要围绕着准备武装来进行。为适应各地准备发动抗日武装斗争形势，派吴芝圃、刘子久、林凯、刘子厚分头到豫东、豫西，豫南指导工作。朱理治则于4月撤离开封，沿平汉路南下，向许昌、信阳等地党组织传达省委关于河南沦陷和发展抗日武装的指示，部署准备发动抗日游击战争。

1938年5月徐州失守后，省委根据周恩来、叶剑英同志在武汉向朱理治、彭雪枫传达的《中央关于徐州失守后华中工作的指示》，确定"今天的中心任务，是在于加紧准备与继续发动、开展河南的游击战争"；并广泛动员陇海、平汉两铁路线上中心城市的学生、工人、革命分子到乡村中去，组织与领导群众、准备与发动游击战争，组织游击队，建立游击区。6月初，朱理治到达确山竹沟，与彭雪枫、王国华等会合，竹沟遂成为河南党的领导中心。省委以竹沟为据点，吸引和招收大批青年知识分子参加抗日战争，并以开办党校、教导队、青训班等各种形式，为中原敌后各抗日根据地培养和输送了3000余干部。竹沟被誉为"小延安"，形成中原地区发动抗日游击战争重要的战略支点。7月，朱理治撰写了《论河南游击战争情势及当前任务》的文章，化名朱煌岗发表在8月7日《新华日报》上。该文详尽论述了开展中原区游击战争的现状，提出了怎样开展江淮河汉间游击战争的意见。上述省委的决定、措施及朱理治的文章，对中原游击战争的准备与发动，起了很好的指导作用。1938年秋天，豫东、信阳沦陷后，他和彭雪枫等领导河南党突破国民党顽固派的限制，独立自主地在西华、睢杞太地区，在信阳、确山、泌阳、桐柏的部分山区，发动和建立了新四军的队伍，掌握了近5000人的武装，并一批又一批地把这些部队派往日寇占领区去开展抗日游击战争。后来，这些武装发展成为新四军4师、5师的部分基础。

1938年9月，朱理治同志回延安参加六届六中全会。全会确定要不断巩固和扩大抗日民族统一战线，批判了在统一战线问题上只讲联合不讲斗争的迁就主义错误，重申全党独立自主地放手组织人民抗日武装斗争的方针，把党的主要工作方面放在战区和敌后，大力巩固华北，发展华中。为坚持华中抗战，加强党对中原地区的领导，决定撤销长江局，成立以刘少奇同志为书记的中原局。朱理治受命担任中原局委员兼组织部长，于11月下旬同刘少奇、李先念、郭述申等一起离开延安，重返竹沟。1939年4月少奇同志从竹沟回延安后，朱理治代理中原局书记主持日常工作，重大问题则转报少奇同志请示。这一阶段，他协助少奇同志贯彻执行党的六届六中全会精神，规划指导豫鄂边地区党的工作，部署新四军游击武装向武汉外围敌后挺进，为这个地区抗日游击武装的汇合，实现党和武装的统一领导，为新四军豫鄂地区主力部队的创建，做了卓有成效的工作。

1939年国民党秘密发布防止异党活动办法后，豫鄂边地区的顽固派接二连三地袭击围歼我党领导的武装部队。9月，发生了鄂东国民党顽固派进攻我党领导的独立第五游击大队的"夏家山事件"，它表明国民党顽固派的反共活动，必将日益嚣张。朱理治打电报请示少奇同志和党中央，建议集中整编鄂东、鄂中、豫南的武装，建立统一的指挥。就在这时，少奇同志再次由延安来到竹沟，传达了党中央关于准备应付国民党发动突然事变的指示，做了许多具体部署。当少奇同志东进苏皖敌后以后，朱理治认真地执行了少奇同志的部署，亲自率领中原局和河南省委在竹沟的机关、部队的大部分约600余人（内有相当数量的干部），于10月中旬撤离竹沟，与转入豫鄂边敌后的李先念等同志会合。这是我党抗战初期挺进到豫鄂边区敌人后方最大的一支力量，它大大加强了党在豫鄂边区敌后抗战的力量。

1939年11月中旬，朱理治、李先念等同志在四望山开会，根据党中央和刘少奇同志的指示，研究部署了实现豫鄂边地区党和武装的统一领导，决定统一豫南、鄂东、鄂中、鄂西北党组织，成立新的豫鄂边区党委；整编党领导的抗日武装，组建为新四军豫鄂挺进纵队，设立统一的指挥机构，深入武汉外围敌后发展抗日游击战争。由于朱理治、李先念同志平时同党的这些部队及地方组织有一些联系和威信，所以上述合并和整编工作得以比较顺利地实现。1940年1月3日，以李先念为司令员、朱理治为政治委员、刘少卿为参谋长、任质斌为政治部主任（随后又任命王翰为副主任）的挺进纵队正式成军。从此，豫鄂挺进纵队作为一个有重要意义的独立战略单位，高擎抗日大旗，活跃在豫鄂边区广大敌后抗日战场上。同年3月，朱理治同志作为党的七大代表奉调回延安。在离开边区之前，他与纵队和区党委的其他领导同志一起，谋划了部队和根据地建设、扩大游击战争、壮大武装部队诸问题，对豫鄂边区的部队工作和地方工作，做了全面的安排。这些安排对豫鄂边区的部队和地方工作，都起了积极的作用。

编辑：李新民

记新四军女战士苏菲①

肖 迅

苏菲简介：苏菲，原名曹荣恩，黑龙江省宾县（现哈尔滨市）人。1914 年 8 月 24 日出生，出身富裕家庭。读完小学后相继在宾县师范和哈尔滨二女中求学，其间接受进步思想，追求女性独立，曾到女子工厂做工。"九一八"事变后参加抗日活动，因被特务追捕，逃到北平，于 1936 年 6 月加入中国共产党。1937 年 5 月经党组织推荐，赴延安抗大学习，同年 7 月，受组织委派，随朱理治同志赴河南省委工作，先后任译电员、"孩子剧团"导演、省委妇女部部长，省委妇委会副书记兼秘书长，豫鄂边妇救总会党团书记，边区"解放剧社""十月剧社"社长等职，曾参加过著名的竹沟突围。解放战争时期，随朱理治同志到东北工作，曾任东北局驻朝鲜办事处党总支委员兼俱乐部主任。新中国成立后先在东北军区后勤部和东北人民政府机关工作，后调入北京，历任燃料工业部人事处、农业部外联处处长。1976 年按副局级待遇离休，1989 年因病去世。

1940 年，在豫鄂边区抗日烽烟里，活跃着一位 26 岁的女战士——苏

①本文原载《中原女战士》，原稿题为《从富家小姐到革命战士》。作者系苏菲之子朱佳木，肖迅为其笔名。

菲。她不仅是新四军豫鄂挺进纵队政委朱理治的爱人，而且当时工作在边区党委，是妇女运动的专职负责人，还是十月剧团的团长，在那一带颇有些名气，与夏菲、高非并称为边区"三菲（非）"。她既坚强、刚毅，又热情、体贴人，剧团里的小演员亲昵地称她为"苏妈妈"。多年过去了，她的音容笑貌仍留在当年在边区战斗过的人们的记忆中。但是，很少有人知道她坎坷不平的身世，更没有人想到她这样一个泼辣爽朗、克勤克俭的人，居然曾是出身于地主家庭的小姐。

苏菲原名曹荣恩，加入中国共产党时，入党介绍人为她取名苏菲，取意俄国一位名叫苏菲娅的女子，出身贵族，却背叛了自己的阶级，参加了反对沙皇的革命斗争；而她也背叛了自己出身的阶级，走的是与苏菲娅同样的道路。从那以后，她一直用着这个名字，也一直走着这条道路，无论路途多么艰难，充满多少荆棘，她都勇敢地朝前走，义无反顾，直到生命的最后一刻。

1914年8月24日（农历七月初四），苏菲降生在黑龙江哈尔滨市的宾县。其父曹海，当年40岁，在县城开有店铺，做烧锅（制酒）生意，那时家境还不富裕。直到苏菲记事，其父才有了自己的房子，而且广置田产，以后又在哈尔滨开了粮店，在北平买了房子，还当了一段宾县商会会长，成了那一带远近闻名的地主兼资本家。其母滕蕊清，当年34岁，为人温厚，管教子女很严，是个虔诚的基督教徒，孩子出生后，都送到教堂受洗礼。苏菲兄妹八人，她排行第五。

苏菲从小就知道关心别人，大人分给她好吃的东西，她总要拿出一部分留给哥哥。她在家乡上完了小学，受当时社会新思潮的影响，为争女权而独自离家，到哈尔滨自强女子工厂当学徒，学习缝纫，织毛衣。八个月后，她在工厂搬家时，不慎碰伤左手无名指，又因庸医误诊，伤指化脓而被割掉。以后，她就在宾县家中养伤，直到1931年考入县简易师范学校。半年后，随家迁居哈尔滨。

在哈尔滨，苏菲开始学习打字，以后又到补习学社学俄文。那时，

"九·一八"事变已经发生，她在北平中国大学上学的二姐回到哈尔滨，与进步青年陈钟一起从事抗日活动。他们看到苏菲年纪虽小，却很有志气，便把她叫上，印抗日传单，做印有"誓死救国"字样的烧饼，准备慰问东北抗日将士。但准备工作还没做好，日本鬼子就占领了哈尔滨，大家只好把传单烧了，各自回家。这是她生平第一次参加抗日救亡活动，时年17岁。

1932年，苏菲考入哈尔滨第二女子中学。这时发生了两件事对她刺激非常大，促使她选择了一条改变她一生命运的道路。第一件事是：学校里有个同学，在图画课画了一个鱼缸，睁着眼的鱼往外游，闭着眼的鱼往里游。日本教员说这幅画有问题，通知特务机关把他抓走了，从此再也没有回来。第二件事是：有一天她上街，亲眼看到一个日本兵用刺刀捅死了一个五六岁的孩子，原因只是那个日本兵问孩子是哪国人，孩子说是中国人。她感到气愤极了，屈辱极了，实在没有心思再念书了。她要抗日，要把日本侵略者赶出中国。她主动找到二姐的一个朋友，即刚从苏联回国的陈钟，请求他指出路，给任务。于是，陈钟让她和她的一位同学一起办了一所"培真补习学社"，以此为掩护，从事抗日活动。在这之后，她听到了俄国十月革命的故事，知道了关内外的抗日形势，阅读了萧军的《八月的乡村》等进步作品，懂得了不少革命道理。她们虽然做的仅仅是抗日的宣传工作，但还是很快引起了日本人的注意。不久，有两个日本特务到她们学社，表面上是学习中文，实际上是监视她们的活动。过了四五个月，有人告诉苏菲，日本人要抓她们。当天晚上，她们便离开了学社，第二天，她在朋友们的掩护下，乘火车南下北平。

那时，苏菲的父母兄妹为躲避日本人，都已先期搬到北平。她在北平虽有家可住，但仍不甘心吃闲饭，过清静日子，遂先后到地毯厂、刺绣厂当文化教员，继续宣传抗日。1934年初，陈钟也到了北平。通过陈钟，苏菲结识了东北流亡学生陈大凡和中共地下党员邹大鹏。他们常在苏菲家中聚会。第二年，陈钟、陈大凡加入了中国共产党。以后，他们经常交给她一些诸如与北京大学"民先"等党的外围组织联络，传递中共河北省委《火线》等党内刊物的任务。经过一段时间的考查与考验，党组织认为她已经由一个具有抗日救亡思想的爱国进步青年，转变为具有共产主义觉悟的无产阶级先锋战士，已经彻底背叛了她所出身的那个阶级。1936 年 6 月，苏菲由陈大凡、苏梅同志介绍，在北平光荣地加入了中国共产党，实现了自己多年的夙愿。

入党后，她被编入北平中共特别委员会社会支部。党组织考虑到她毕竟是地主家庭出身，为了进一步锻炼她，决定派她到条件极其艰苦的内蒙古巴兹普隆垦区，在东北流亡者中做党的秘密工作。她的公开身份是小学教员，业余时间组织文艺演出，宣传抗日，有时还要印刷党内的文件。在那里的地下党员，当时还有苏梅、陈钟、陈大凡、吴涛、白涛等人。她很好地完成了党交给她的任务，于 1937 年 3 月回到北平。

苏菲一到北平，组织上便通知她去延安学习。延安，这是她日夜向往的革命圣地。她万万没有想到，自己也能有机会到延安去，那股高兴劲就别提了。1937 年 5 月，经过长途跋涉，苏菲终于见到了延安的宝塔山。

到延安后，中央组织部干部科科长王观澜分配她去抗日军政大学学习。在抗大，她被安排在十三队。队长是康克清，学员有陈明、夏云、王玉清、周子健、蒲代英、吕英、孔力、陶启波等。这里的生活是她过去从未体验过的，她进入了全然不同的另一个天地，一切对她都是新鲜的。他们每天出操、上课，课余打篮球、排话剧。给他们讲课的有毛泽东等领导同志。她聚精会神地听，一丝不苟地记。在文娱活动方面，她在巴兹普隆搞文艺演出的经验派上了用场。她参加过两个戏的表演，其中一个叫《本地人》，她在戏中扮演媒婆。延安地方不大，那时又没有多少文化生活，只要他们有演出，中央领导人都来看，就连毛主席、朱总司令也看过她演的戏，并夸她演得像。

"七七事变"后的第八天，抗大教务长罗瑞卿把苏菲叫到他的办公室谈话，说现在全国性的抗战开始了，外面很需要人，组织决定调她到外面工作，要她立即去中央组织部报到。到了中组部，李富春副部长亲自向她交代，要她随一位"老李同志"走，到什么地方，做什么事，都听老李的。7

月 17 日，她同那位姓李的同志乘坐大卡车前往红军前方总部所在地三原县云阳镇。同车的还有一个人，以后她才知道，这人就是朱理治同志，组织派她到外面工作，任务就是配合朱理治到河南建立省委，开辟党在中原地区的抗日局面，由于路上遇到大雨，车走了一个星期才到云阳镇。到了云阳，朱理治立即忙于给河南来的干部办训练班，组织大家学习党在全国抗战新形势下的任务和白区工作方针、策略，并听取河南部分地下党同志汇报情况，做了大量的行前准备工作。

　　在云阳，苏菲与朱理治结成了终身伴侣。结婚那天，仪式很简单，就请来两位客人，在一起吃了顿烧饼夹肘子。说起来他们的结合完全是组织安排的婚姻，再加上那时环境也不允许他们之间做更长时间的了解。

　　她只知道朱理治是江苏南通人，父亲是乡间中医。他过去结过一次婚，但妻子得病去世了。1926 年，他考入清华大学经济系，不久便秘密加入中国共产党，投身革命。以后，他曾被捕坐牢，在白区、苏区担负过许多重要工作，有着丰富的领导经验。接触时间虽不长，了解

1937 年 9 月，朱理治以报馆记者身份在开封从事地下工作时与苏菲的结婚照

情况虽不多，但他确实给苏菲以良好的印象：为人真诚，作风正派，举止文雅，学识渊博。以后的经历证明，她对自己丈夫的认识没有错。尽管生活中紧张多于安乐，磨难多于顺利，但他们风风雨雨，患难与共，相依为命，不负初衷，共同度过了为中国人民解放事业奋斗终生的漫长岁月。

　　1937 年 9 月初，苏菲随朱理治在党的交通员栗在山的护送下，经西安

乘火车到达洛阳。在那里，朱理治向豫西工委的负责人吴芝圃、郭晓棠传达了党的白区代表会议精神。然后赴开封与河南省工委负责人刘子久、沈东平等会合，正式成立了以朱理治为书记的河南省委。到开封一个星期后，苏菲传染上了伤寒病，发烧42℃，被送进一家教会医院（50年后，苏菲到开封驻军医院做脑溢血后遗症的康复治疗，该院前身正是这家教会医院）。治了一段时间，烧虽退了，但她仍起不了床，医院把她作为垂死的病人，移到了地下室。那时，住院费用昂贵，一天一元，她想到自己反正要死了，不能再给组织添麻烦，坚决要求出了院。没想到，出了院，伤寒病反而好了，只是落了一个失眠症，整夜睡不着。

当时，日本鬼子对开封轰炸频繁，组织上决定让她转移到南阳休养。11月初，她的病情有所好转，又回到了开封，在省委做译电员，每天去电报局，通过党的关系收发与中共中央之间的来往电文。没想到，由于记忆密码，用脑过度，使她刚有好转的病情又加重了，经常头晕。那时，省委还处在地下，朱理治的公开身份是报馆记者，苏菲则是家庭妇女。由于经费紧张，他们和刘子久夫妇、危拱之三家一星期合用一元钱。有时一天只能吃一顿烧饼，可在街坊邻居面前，还要装成吃过饭的样子，以免引起怀疑。

1938年5月，开封吃紧，省委决定南撤，派苏菲以开封孩子剧团导演的名义，掩护省委文件先走。这个剧团是党为了开展抗日的宣传工作，由开封铁路子弟学校中挑选进步学生组成的，团长是宗克文，实际领导是危拱之。苏菲把文件藏在道具中，一面负责保管文件，一面也参加节目的编导。他们由开封经许昌、漯河、驻马店、确山、信阳，一路边走边演，剧目有《放下你的鞭子》《打回老家去》等等。在确山，朱理治和省委其他撤退的同志赶上了他们，把文件取走，并直接去了竹沟新四军第四支队第八团留守队。苏菲则随开封孩子剧团到了信阳，继续做剧团的编导工作。三个月后，她由信阳到了竹沟。那时，竹沟已成为河南省委所在地和我党在中原地区支援与组织抗日力量的后方，被人们誉为"小延安"。她被分配到省委做妇女工作，但没过多长时间，头晕病又犯了，组织决定让她回到延安养病。

1938 年 10 月，苏菲第二次来到延安，住进中央干部休养所。当时，朱理治也在延安，正参加中共扩大的六届六中全会。这次会议批判了王明的右倾投降主义错误，撤销了长江局，成立了中原局，由刘少奇任书记，朱理治任委员兼组织部长。同时，撤销河南省委，成立了豫南（也称豫鄂边）和豫西两个省委，朱理治兼任豫南省委书记。会后，他便返回了河南，苏菲留在延安继续养病。中央干休所先在小便沟，以后搬到阵团峪。在那里养病的还有高士其、张若萍、陈熙等人。高士其是中外闻名的科学文艺作家，在美国读博士学位时，因做实验受脑炎病毒感染，留下行动语言障碍的后遗症。张若萍 25 岁，从小参加革命，得了严重的关节炎。陈熙只有十六七岁，在战斗中受了重伤。他们常在一起学习、谈心，相互鼓励，相互帮助，成立了一个互助组。后来，随着革命友谊不断加深，互助组围绕高士其变成了一个"临时家庭"。张若萍虽说是男同志，但会补衣服，大家叫他"老大嫂"，并开玩笑称他为高士其的"干老婆"。苏菲平时常帮高士其拿东西喂饭，被称作"干妹子"。陈熙时常为高士其唱歌，被称作"干女儿"。高士其话虽说不清楚，但很喜欢说笑话，整天逗得大家笑个不停。

1939 年元旦那天，大家把干休所饭厅布置一新，病友们高高兴兴围坐在长桌旁，猜谜语、唱救亡歌曲。苏菲特地把高士其科学小品集中《听打花鼓姑娘谈蚊子》一篇，朗诵给大家听。在延安的日子里，她还常去延安城看戏和无声电影，虽往返一趟要六七十里，却仍然兴致勃勃。有一次，她顺路去看望刘少奇，少奇同志嘱咐她一定要安心养病，把病彻底治好。可离开战友们时间长了，叫她怎能安下心来。在她一再请求下，干休所终于批准她离所南下。

1939 年 7 月，苏菲化装成八路军上尉护士长，回到了阔别近一年的竹沟。豫南省委组织部长危拱之找她谈话，要她担任省委妇女部长。可刚过了两个月，头晕病又犯了。当时，刘少奇也从延安到了竹沟，见了她批评说："让你养好病再来，你就是不听。" 10 月，根据国民党加紧反共摩擦的形势，为应付突然事变，刘少奇率领中原局机关和一个武装分队共 300 人，东进淮南津浦路西新四军江北指挥部驻地；朱理治、任质斌率领竹沟留守处、省委部分机关人员和部队 600 余人南下四望山地区，与李先念的豫鄂挺进支队会合。新成立的河南省委机关率少数干部、留守处部分人员、伤病员和武装，仍在竹沟坚持。苏菲由于身体不好，也被留了下来。

11 月 11 日凌晨，苏菲在梦中被勤务员叫醒，只听他一个劲地叫："苏大姐，快起来，外面在打枪。"那天刚巧是农历十月初一，当地人"过鬼节"。因此，苏菲开始还以为是老百姓放鞭炮。可过了一会儿，勤务员从外面又跑回来说："是打枪！危拱之已经拿枪出来了。"这时，她才意识到真的发生了情况，便赶紧起床。原来，国民党在确山、泌阳、信阳的顽固派，率领三县常备队 1800 余人，趁我主力离去之机，冒充与我党有统战关系的国民党 68 军，偷袭杀害我哨兵，打进了东寨。这就是国民党顽固派制造的震惊全国的"竹沟事变"（也称"确山惨案"）。竹沟军民临危不惧，在省委刘子久、王国华、危拱之、张旺午等同志的率领下，坚决抵抗，打了一天，终于把敌人打出了寨子。第二天，省委考虑敌兵力数倍于我，不能硬拼，加上电台坏了，与四望山朱理治、李先念部联系不上，乃决定当晚突围。那天夜里下起了大雨，苏菲和参加突围的 400 多人一样，胳膊上也绑了一条白毛巾，他们从西寨门出去，走不多远就暴露了目标，一时间枪声四起，机关的队伍被打散了，苏菲与另外几位女同志穿过稻田，一口气跑到村边一户老乡家。老乡帮她们换了便衣，又给她们带了一段路。13 日清晨，她们到了预定集合地桐柏县龙窝的山顶。不久，苏菲她们发现敌人又追到了山下，赶紧又往前跑，终于在龙窝与大队人马会合。豫南省委决定突围人员分三部分行动，一部分到淮北，一部分到四望山，一部分到洛阳；并让苏菲和一位交通员先走一步，到四望山向朱理治汇报竹沟突围情况和省委的布置。

苏菲到了四望山向朱理治、李先念作了汇报，先念同志见到她开玩笑说："你是人来了，还是鬼来了？"原来，在此之前，他们得到报告说，苏菲在突围时牺牲了。那时，中原局已决定将新四军豫鄂挺进支队编为挺进纵队，由李先念任司令员，朱理治任纵队党委书记兼纵队政委。边区党委、纵队领导机关和主力部队都到了湖北京山县。从此，我党在鄂豫边开始了根据地的建设。

1940年7月，苏菲被任命为豫鄂边区党委妇女委员会副书记兼秘书长、群众工作委员会常委，后来又担任了边区妇救总会党团书记。她那时的主要任务是组织妇救会，动员妇女做军鞋、送子送郎参军和做一些战勤工作。小花岭，八字门周围都是日本鬼子的据点，最远相距不过30华里，开展工作常常会碰上敌人。妇救总会成立那天，苏菲她们在山下桑树店（安陆县属）刚开完大会，敌人就打过来了，幸好，五师参谋长刘少卿带着部队顶住了敌人，才使她们安全返回。还有一次，敌人来"扫荡"，苏菲随区党委机关突围，从马上摔了下来，加上连续行军，使怀孕七个月的孩子流产。当时，孩子已经睁开了眼睛，只是没有哭声，由于敌人在后面追，只好看成死的，就地埋了。之后，她在老乡家里坐月子，刚养了十天，听说敌人要来，赶紧离开。她和马夫这头刚过了石板河，敌人那头就进了村。

为了宣传群众和活跃部队文化生活，边区党委于1940年秋天决定成立解放剧社，由苏菲担任社长。开始，剧社只有十来个人，多数是十几岁的孩子，过去从未演过节目。但当时边区文化生活太少，部队听说成立了剧社，急于看到节目，纷纷来邀请他们去演出。苏菲领着大家，鼓足勇气，克服重重困难，一边学文化，一边赶排节目，终于用一个多月时间排出了一台节目。边区庆祝"十月革命节"23周年那天，他们在大会上成功地进行了首场演出，有《海陆空军舞》《打倒日本鬼子》《小放牛》等等。这一下便轰动了，边区党委决定将解放剧社改名为"十月剧团"，直接受宣传部领导，并从各单位又抽调来十几个孩子。他们白天排练，晚上演出，有时还去附近学校教学生唱歌，成为一支活跃在小花岭、八字门一带处处受欢迎的文艺轻骑兵。

剧团的小演员最小的11岁，最大的也只有16岁。苏菲既要教他们演戏，又要在生活上关心照顾他们。孩子头上生虱子，她给他们洗头；衣服破了，她给他们补；生了病，她拿出自己的钱给他们买鸡蛋；行军时，她把组织给她的马让给最小的孩子或病号骑；宿营时，她把大衣脱下来给孩子们盖。陈少敏大姐为照顾她身体，送给她那时极罕见的挂面，她舍不得吃，都给孩子们。孩子们小，免不了淘气，她总是耐心开导他们。

很快，她和孩子们之间就建立了深厚的感情，大家不叫她团长，都叫她"妈妈"。其实，那时她也不过26岁，可"苏妈妈"的名字从此远近闻名。一次演出，台下战士和群众嚷着要"妈妈"出来唱个歌。因为她正忙着给演员化妆，没功夫唱，台下又喊："不唱歌，出来见一下也行。"苏菲只好到台上露了一面，观众一看都笑起来，说："原以为是个老太太，没想到就是她呀！"直到新中国成立后，这批小演员都成了老头、老太太，见了苏菲，仍然亲切地叫她"苏妈妈"。1941年3月，组织上决定调她回延安，照顾在此之前已调任陕甘宁边区银行行长的朱理治。欢送会上，小演员们舍不得她走，一个个都伤心地哭起来。

从小花岭出发后，苏菲先由交通员护送到与我党有统战关系的国民党何其丰部，再由那里的地下党负责人王西平安排她以国民党军官太太的身份前往西安。在西安，她住在七贤庄八路军办事处。那时"皖南事变"刚过，国民党取消了新四军的番号，凡是新四军的都要抓。碰巧，五师一位同志托她带的家信被敌人查获，国民党特务机关向办事处提出，新四军来了个女的，要他们交出来。这样，她又被秘密转移到郊区住在地下交通站，躲过了风声，才回到办事处。这时，正好有两个孩子要送往延安，组织上决定让她装扮成他们的妈妈，以便路上蒙骗敌人。可两个孩子小的3岁，大的5岁，叫她妈妈谈何容易。为此，在办事处训练了两个月，然后才搭车北上延安。临走时，办事处主任周子健提醒她，同车的人中有个特务，要她留心。果然，车上有个人对她盘问了半天，她只说是从晋察冀来的，带孩子去找丈夫。那人没找出破绽，也就不再吭声了。

经过三个月的旅程，苏菲第三次来到延安。不久，碰上朱理治在西北局高干会议上因为清算西北党的历史问题而受到高岗的打击。苏菲也因此而受到牵连，在随之而来的"抢救运动"中，被当成"特嫌"受到审查。

1945 年 8 月，抗日战争胜利。朱理治把苏菲从中央党校接出来，随后根据中央命令，一起前往东北。次年 2 月，他们到了中共西满分局所辖的洮南。朱理治被任命为地委书记兼分区政委，苏菲做他的秘书兼机关总支委员。在那里工作了三个月，朱理治又改任中共北满分局秘书长，前往哈尔滨。他们一到，组织上便告诉苏菲，她的父亲被国民党任命为黑龙江"剿匪第八总队司令"，不过只是利用他商会会长的社会地位，本人并没干什么坏事。组织上要她回家看看父亲，做做他的工作。就这样，苏菲拿着组织上特地为她父亲买的点心，回到了离别二十多年的娘家，见到了父母亲。她向父亲讲解了党的政策和国内外、关内外的形势，劝他跟着共产党走，终于促使他态度有了转变。后来，东北局社会部的负责人邹大鹏、陈钟通过苏菲与她父亲建立了联系，在辽沈决战前派他到被敌人占领的沈阳，为我党搞到不少情报。

1946 年 5 月，苏菲由于即将临产，前往北满根据地的后方佳木斯。10 月，她带着出生三个月的孩子，搭乘陈云、肖劲光一行所乘的火车前往朝鲜。陈、肖是借道朝鲜去南满指挥我军作战的，她则在平壤留了下来。因为在此之前，东北局考虑到南北满被敌人阻断，决定争取以北朝鲜作为支援南满作战的隐蔽后方，已指派朱理治为东北局驻朝鲜民主主义人民共和国全权代表，前去那里组建和领导东北局及东北民主联军驻朝办事处。设在平壤的我驻朝办事处对外称"利民公司"，设在各地的分办事处对外称"分公司"。平壤办事处有一百来人，苏菲在那里担任俱乐部主任兼总支委员。大家团结战斗，在朝鲜劳动党、政府和金日成同志的支持合作下，胜利完成了任务。

1948 年 10 月，朱理治奉命回国，在哈尔滨协助李富春同志组建东北军区后勤部。苏菲一同前往，做后勤部的专职分总支书记。1949 年初，东北全境解放，她随东北局一起迁往沈阳，先任东北局行政处俱乐部主任，1950 年 11 月调任东北行政委员会交通部技术室主任。1951 年 8 月，她随朱理治一同调到北京，起初在燃料工业部任人事处长，1952年底调到农业部任展览科科长。此后直到去世，她一直在农业部，先后担任过电影处主任、技术合作处处长、对外联络处处长、种子处处长。工作变动虽然频繁，但她对职位从不计较，能上能下，党叫干啥就干啥，而且每换一次工作，总是刻苦钻研业务，虚心向专家请教，以饱满的热情完成组织交给的各项任务。

新中国成立后，苏菲的生活条件比过去好了，但她仍然保持着战争年代艰苦朴素的作风，勤俭持家，克己奉公。除了在外事场合才穿的衣服外，她很少做新衣服，甚至把孩子们穿小了的衣服拿来当衬衣穿。无论在机关还是在家里，她都十分注意节约，就连一张字纸也舍不得丢掉。她对自己要求严格，可对组织的困难却百般体谅，从不向公家提个人的要求。

"文化大革命"后期，造反派退还了原扣发朱理治的工资，老两口除用少量的钱还债外，绝大部分交了党费。她对下级、对战友、对他人更是关心备至，热诚相待，有难就帮，慷慨大方。每次调级，她总是把机会让给处里级别低的同志，直到1985年工资改革，她的级别还是解放初期定的十二级。朱理治和她老家的亲戚，凡经济上有困难的，她都按月寄钱，给予接济。一些晚辈来京上学，也都住在家里，由她照料。以致当"文化大革命"中造反派冻结他们的存款时，发现只有八百元，都感到难以置信。那时尽管她自己处境很困难，但听说一些老战友被关押，孩子无人管，她便不辞辛劳，东奔西跑，为他们解决各种困难，被大家称为"不管部长"。有一次，她还叫上当年十月剧团的几个成员，去看望因受迫害而卧床不起的陈少敏大姐，为陈大姐演唱她喜欢听的歌。

苏菲的文化和理论程度虽然不算很高，但她在政治上一向立场坚定，爱憎分明，意志顽强，从不向恶势力低头。"文化大革命"初期，朱理治正患肝炎住院，仍被造反派揪出去批斗，苏菲也在机关受到了冲击。造反派先后8次抄他们的家，还封了他们的卧室、客厅，把一家老小赶到东厢房三间小屋中住。但这些并没有压垮她，反而促使她拿出了战争年代的那股子劲头。

造反派停了她家的暖气，她就自己生炉子；朱理治的工资被扣发、专车被禁用，她就省吃俭用，自己陪老伴挤公共汽车上医院；保姆病了，她就自己下厨房做饭。她从河南干校劳动刚回北京，听说要朱理治去河北干校，她又陪着一起去。有一次，陈云同志到他们隔壁一位老同志家，请朱理治和她也过去，见她挽着袖子，戴着帽子，问她在干什么，她说在生炉子。陈云听了大为称赞，以后对人还多次提起。苏菲常说，这些困难算不了什么，比起战争年代差得远了。

然而，1976年初，周总理的去世却使她悲痛万分。那几天，她每晚都守在电视机旁，一面看着有关的报道一面不住地流泪叹息。她敬仰周总理的品德，更为党和国家的前途担忧。她本来就有高血压病，承受不了这样沉重的打击，致使脑溢血发作。经过七天七夜的抢救，她的生命虽从死神手里被夺回来，但从此落下偏瘫后遗症。不久，"四人帮"被粉碎，病中的苏菲为党取得这个伟大胜利而由衷高兴，脸上露出了笑容。不幸的是，正当她充满信心与病魔进行斗争时，我们的父亲，和她共同生活、战斗了近半个世纪的老伴朱理治同志因患肝癌先她而去，使她尚未康复的病体又一次受到沉重打击。然而，战士毕竟是战士，坎坷和不幸再多，也消磨不了她的坚强意志。在她生命的最后几年，由于瘫痪不能到机关参加集体学习，她就自己花钱订了多种报刊，坚持学习，眼睛看累了，就让人给她读。党组织送来的文件，她看得十分认真，看后还向组织表明自己的看法和态度，充分表现了一个革命战士对党的无限忠诚。

1988年夏天，苏菲的脑溢血第二次发作，虽然经过抢救又一次保住了生命，却长时间处于昏迷状态。1989年7月11日，苏菲的心脏停止了跳动。遗体告别那天，党和国家领导人陈云、李先念、宋平为她送了花圈，陈慕华、邓力群、任质斌、曾志、林佳楣、何康等五六百位生前友好冒雨前来与她告别。人们为党失去一位真诚的好党员，自己失去一位热心的好战友而纷纷洒下悲恸的眼泪，有的甚至泣不成声、号啕大哭。

她的骨灰被安放在八宝山革命公墓，骨灰盒上覆盖着中国共产党党旗，她曾为这面旗帜战斗了一生，贡献了一切。母亲虽然长眠了，但她的音容笑貌永远留在了战友、同志和我们的心间。

编辑：李新民

永远的纪念

——回忆在杨树根首长身边学习成长

李新民

杨树根简介：杨树根（1915 年 3 月—1998 年 9 月），江西清江县（今樟树市）人，1930 年参加中国工农红军，同年加入共青团，1932 年转入中国共产党。土地革命战争时期，参加了中央苏区的一至五次反"围剿"战斗和二万五千里长征。历任团宣传队分队长、队长，连指导员、营政委、师教导队政委、团政委。抗日战争时期，历任中共晋中地委书记、太岳办事处组织部部长、129 师东进纵队先遣支队政委、新编第 9 旅 27 团政委、冀南军区第五军分区政委。解放战争时期，历任冀南军区独立第四旅政委、晋冀鲁豫野战军第 28 旅政委、湖北军区独立师师长。参加了解放衡水、挺进中原、开辟桐柏、解放襄樊等战役战斗。新中国成立后，历任 52 军副政委、代政委、第 24 步兵学校政委、中南军区第一文化速成中学校长兼政委、中南军区炮兵政委、广州军区后勤部政委、中央财贸政治部副主任、广州军区副政委。1955 年被授予少将军衔，荣膺二级八一勋章、一级独立自由勋章，一级解放勋章。中共七大代表，第三届全国人大代表，第六届、七届全国政协委员。

开国将军杨树根首长离开我们已经 20 多年了，其间我常常会梦见他那微笑的面容。前些日子，我又在梦里见到了首长，还是一边带着微笑，一边"小李，小李"地叫着。醒来之后，内心久久不能平静，思绪不觉间又飘回到那年少青葱的岁月，回到了和首长朝夕相处的日子。往事一幕幕浮现，在我眼前反复播放，依然真真切切。

我从参军到退休，服役 43 年，调动过不少单位，遇到过许多可亲可敬的首长和领导，他们都是我成长过程中的导师，但说到对我影响至深的要数杨树根首长了。我在他身边工作前后两段，共约 13 年。第一段是 1973 年 9 月，我在步兵第 371 团特务连任警卫班长时，奉命调首长处任警卫员，至 1975 年 11 月下部队，共计两年多时间；第二段是 1979 年 11 月，我参加对越自卫反击战后，从广州军区独立坦克团政治处干事被广州军区司令部办公室选调为杨树根首长的秘书，一直到 1990 年 5 月我调任司办第二秘书处处长，约 11 年（含到解放军南京政治学院学习的两年）。这两段时间虽然职务不同，工作内容有别，但都是在首长身边，可以时时受到首长耳提面命，可以近距离感受首长工作生活、为人处世、修身正己等方面的风格和态度。他的言谈举止、作风操守、人品官德，潜移默化地影响着、塑造着我的人生观、世界观、价值观，让我不断成长成熟，修正完善。为了叙述方便，我把记忆中的一些琐事稍作梳理归类，试着谈谈首长留给我的精神财富。

"咱们还是老乡"

1973 年 9 月下旬，我在军区保卫队（军区保卫部领导的一支首长警卫干部分队）学习训练了两个星期结业。一天下午，司令部管理局三支部（专门负责首长工作人员管理教育的部门）一位领导带我去首长家报到。之前，他同我谈过一次话，简单介绍了首长家的人员构成、生活习惯和注意事项等情况，要我在前任警卫员离开前抓紧交接。他特别要求我，干工作，要做有心人，要用心观察。同时，他还告诉我要继续担任警卫班长，在完成本职工作外，每周组织军区和司令部首长的警卫员进行两个下午的学习、训练。政治学习由支部统一组织，军事训练主要是队列训练，保卫部警卫科负责手中武器训练。他强调，这也是工作，已经报告首长同意。

保卫队驻地距首长家不远，不到20分钟就到了。在一间不大的客厅，首长和老张同志（首长夫人）接见了我们。打眼一看，首长50多岁，中等身材，稍显发福；穿一身半旧的军装，干练利索；面露微笑，和善可亲，完全没有我想象中大首长的威严。

首长简单询问了我是从哪个部队调来的，多大了，是哪里人，上过什么学。我一一作答。首长说，"你是河北人，咱们还是老乡咧，以后在一起工作方便多了"。我心想："首长不是江西人吗？怎么跟我是老乡了？"后来才知道，首长十几岁就当了红军，随部队走南闯北，在陕西、山西、河北、河南工作战斗生活长达15年，其中大部分时间是在冀南度过的，生活上已经北方化了。首长接着说，"你到我这里工作，我们欢迎。以后工作上的事情我们多交流。家里的事情不多，有什么不懂的可以问凤琴（首长夫人）。你在农村吃过苦，在部队受过锻炼，又有文化，我相信你会很快适应新工作的"。第一次见面时间不长，首长要开会就离开了。我的前任警卫员叫李腮清，当时已经提干，带了我约一周时间就下部队任职了。

"对生活的要求还是简单点好"

首长家里人不多，夫人叫张凤琴，河北枣强人。她的父亲是老地下党员，她深受影响，抗战初期就参加了革命，当过县参议会参议和县妇救会的领导，是个老八路，新中国成立后任广东省委交际处处长，后随首长到北京工作。我在任时她因身体原因在家休养，她不让别人叫她的职务，一直让大家叫她"老张同志"。还有一个大姨妈（老张同志的大姐），没有文化，早年当过党的地下交通员，抗战时期丈夫和孩子都去世了，一直跟首长一起生活，首长的几个孩子都是她带大的。首长的4个孩子都是军人，有两个在外地服役，老大已经结婚生子，住在家里，周末回来，小女儿在中山医学院读书。秘书叫杨广全，当时正在病休，秘书工作暂由其他秘书代管。时间长了，我了解到，首长家人对生活的要求不高，很简单，没什么特别要求，用不着费什么大心思，只是不要浪费就好。说几件事就可以看出来。先说首长的饮食，极为单调。早餐总是馒头、稀饭加两碟咸菜、豆腐乳，或者两个鸡蛋加杯牛奶。除了过节，中餐、晚餐永远是三菜一汤，一荤两素，汤是鸡蛋汤或者青菜汤，搞得炊事员发牢骚，埋怨自己的好手艺没处显摆。

一次，有人从北方捎了点绿豆面，老张同志请炊事员戴阿姨做一顿打卤绿豆面条，几个人就着蒜泥吃得有滋有味，首长边吃还边说"好吃，好吃"，似乎比山珍海味还美。

即使请客也不复杂。那时候不兴下馆子请客，有老战友来了，通常都在家里吃一顿。说来也怪，首长家的客人在吃的问题上要求也都不高。比如杨大易（开国将军，老红军，曾任湖南省军区司令员）首长，来广州开会，偶尔到家里吃顿饭，别的要求没有，只要一个梅菜扣肉就行。

有一年，首长红军时期的几个战友来广州冬休，想吃狗肉，戴阿姨想办法买了不少狗肉，红烧了一锅，几乎没什么配菜，几个人就着瓶酒，吃了个干干净净，平均每人吃了两斤多，还一个劲儿夸炊事员的手艺好，狗肉烧得香，埋怨广州的饭菜太精致，还是这样的东西吃着过瘾。

20世纪80年代初，广东省委书记任仲夷（抗战时期和首长一起在冀南五分区工作，首长任分区政委，他任地区专员）刚到广州就任时，只身住在小岛宾馆，因为离得近，常到首长家蹭饭吃。来之前给首长夫人打个电话，"凤琴，我想小豆腐（冀南的一种小吃）了，晚上给做一顿解解馋行不行？"他故意说得怪可怜的。

首长对衣着的要求也很简单，除了军装，其他都不讲究。他喜欢穿旧衣服，总说旧衣服舒服。我印象中，他几乎没有置过装。便衣有几套，都是20世纪60年代转业到地方在北京工作时穿过的旧中山装。在广州，因外事工作需要做过两套衣服，但很少穿。内衣都是穿了十多年也不舍得扔，棉毛衣裤几乎件件有补丁，衬衣领破了拆开反过面缝上继续穿。

有一年夏天下部队，我见他身上穿的一件圆领汗衫前胸后背都有洞，未经他同意，从服务社买了一件新的，把破的给扔了。他知道后，一脸不高兴地责备我说，"谁让你扔的，捡回来"。我说"那件衣服都破了"。他说："外面有衬衣，怕什么！再说，用纱布补一下穿过今年没问题。"硬是让我把新的退回去，把旧的捡回来。

20世纪80年代，老张同志托人在北京给首长买回一双手工纳底的单布鞋，他一穿正合适，左看右看，乐呵呵地连连称赞："舒服，真舒服！"那神态和一个乡下老汉得了一件新衣服没什么区别。

除了饮食简单穿着俭朴外，首长还不喜欢扔用过的旧东西，一个战争年代用过的马褡子（类似现在部队配发的背囊，以前是部队行军搭在马背上用的装具），一直到20世纪80年代下部队时还在使用。他用的笔记本每一本都要用到最后一页，写完最后一行，绝没有还剩许多页就换掉的情况。他家里的家具全部是上一任首长走前留下的旧家具，都是50年代部队配发的，破损了就请维修队修一修接着用。我跟他10多年家里没换过一件新家具，座椅套、沙发套、桌布破了，也是补补再用。

还有一件趣事，首长家院子里有十几棵白兰树，花开时节满院飘香，每天要落一地开败的花瓣。以往这些花瓣都是扫扫当垃圾倒掉，怪可惜的。大概在1974年，大姨妈不知从哪儿得到消息，说这些花瓣可以提取香精，有专门收购这种花瓣的地方。后来，我们在延安路（现在的文明路）上还真找到一家收购店，一问，价钱还不错，花瓣晒干了一斤一块多，整朵的晒干了一斤三块多。于是我们几个工作人员，加上姨妈，每天多了一项工作，傍晚把落在地上的花瓣扫成一堆，捡拾干净，把整朵的挑出来，然后摊开来晒两到三天，干透了收好，卖给收购店。干这些活的时候，大家说说笑笑，很有意思。有时首长和老张同志也参加进来同我们一起干。忙活了两个多月，我们卖干花瓣挣了160多元钱。首长对这件事很满意。这钱怎么用？我们请示首长。首长说这是你们的劳动所得，你们自己商量，只要正当干什么都行。我们商量了一下，请杨秘书帮忙，从后勤部买了一辆崭新的凤凰牌自行车，作为工作用车，此后外出办事，骑着自己劳动换来的新自行车，心里充满得意。

平凡之中见伟大。上面说的几件事都是琐事，极平常。正是在这平常之中才能感受到老一代领导同志那种融入骨髓的平民意识和他们精神世界的高大。记得首长曾对我说过，对于生活，要求不要太复杂，还是简单点儿好！这句话和鲁迅先生说过的一句名言"不要被生活所累"有异曲同工之妙，让我受用了一辈子。因为对生活要求不高，就不会有太多的欲望，也就不会被欲望牵累。想想那些贪官，不都是在欲望面前栽了跟斗吗！时下一些官员，官越做越大，架子也越来越大，生活上也在不断追求所谓的"高质量""高规格"，这和首长那代人相比，高下立现。可见，继承和发扬我党和老红军的光荣传统该是多么重要。

"做什么事都要用心"

首长有一个特点，做事认真。无论干什么，都要搞得明明白白，绝不含糊；做什么事都要有头有尾，绝不半途而废。他曾说过，当了一辈子兵，悟出一个道理，就是做事要用心，不能马虎。战争年代一个马虎，一个不小心，就会出大问题，甚至打败仗。和平时期也要养成这个习惯，要么不干，要干就要认真对待，否则什么也做不成。有三件事对我教育很大、触动很深。

第一件事发生在 20 世纪 80 年代初，我刚当秘书不久，首长带工作组在军区总医院蹲点，专题研究知识分子问题。刚进驻医院没几天，一位军区主要领导来住院，说是检查身体，我们开始并没有多在意。一周之后，院领导向首长报告，说这位领导同志已经确诊是癌症晚期，愈后不乐观，时间最多不会超过三个月。首长立即指示，马上报告军区，建议上报军委；尽一切力量救治，减轻病痛，延长患者生命。同时，要与家属协商要不要告诉病人实情。

此后，首长受军区委托牵头组织对这位领导的抢救工作，边抓手头工作，边关注救治情况。大约一个月后，我随首长到这位领导的病房看望，他的身体已经非常虚弱，见到我们，他让其他人先出去，很郑重地要求首长坐到他跟前来，似乎要谈什么事。首长示意我靠近记录，可我发现来得匆忙，没有带笔记本，我赶紧跑出去找护士要了几张病历纸，好在没误事。

我记得这位领导讲了三件事，最后首长对这位领导同志说："您放心，我马上报告军区。我们能办的立即办，我们办不了的会向军委报告。"从病房出来后，首长当着很多人的面狠狠地批评了我，"你怎么这么不敏感！这不是一般的看看病号，聊聊天，我也不是代表我个人，我是在代表组织听取一位临终病人向组织交代后事，你不带纸笔怎么做记录？以后出了差错怎么办？你这个秘书是怎么当的！"当时，我真是万分后悔，无地自容。这是我当秘书这么多年唯一受到的批评。不过从此以后，我任何时候随身都会带一个小笔记本和一支钢笔，再也没有因此误事。

第二件事发生在1979年春节前的广西前线。我当时随部队驻扎在那坡县（战区最西端的一个县）县城附近，有一天，我到县支前办办事，支前办主任告诉我，广州军区有一位副政委正在县里检查工作，住在县招待所。我想，军区的副政委没有几位，会不会是杨副政委？不管是谁，我都应该去看望一下。

一到招待所，报了姓名，出来接我的是杨广全秘书，来的果然是首长。首长见是我，很高兴，让我坐下，问了很多问题，特别是部队作战准备情况，问得很仔细。后来知道，他60多岁的年龄，已经沿战区一线跑了一个多月，这是最后一站。谈话最后，他似乎无意间问我，如果打仗，你怕不怕死？我说，不怕！他说，打仗总是会死人的，但是不能因为害怕而惊慌失措。越害怕，心越慌，越容易出问题。不害怕，就会冷静，容易判明敌情，发现隐蔽自己的地形地物。有时候，一棵草也能救自己的命！我心里明白，这是一位身经百战的老兵在向我传授战场上如何保护自己、发扬火力的秘诀。

开战后，我们部队第一时间突破前沿，开进上百公里，在战场作战十个昼夜，圆满完成任务，全须全尾撤回。我总想，自己在战场上如此顺利和幸运，或许与首长的一席教诲是密不可分、息息相关的。

第三件事发生在1982年下半年，当时，首长受军区司令员、政委委托，负责落实总政关于统一维修干休所并为统建干休所规划勘点的任务。这两项工作的后一项好办，召集有关部门在军队用地范围内把点选好，把线划好就可以了，剩下的建设问题由总部统一安排。难办的是维修现有军区管理的干休所。

这些干休所大都建于20世纪五六十年代，经历"文革"长期处于失修状态，许多所电话不通，水不通，电不通，住房漏雨，就医很不方便，问题很多，住所休养的老同志大都是老红军、老八路，年高体弱，意见很大。

为了把情况搞清楚，首长带工作组连续跑了一个多月，几乎深入到军区所有的干休所，摸情况，搞调查，倾听老同志的意见。每到一个所，他都要亲自去老干部家里拨拨电话，拧拧水龙头，拉拉电灯开关，一间一间地看看房子，到卫生所看看药品储备情况，问老干部医疗方面有什么困难，有什么建议。把情况搞清楚了，心里有数了，他又连续召集有关部门开会，研究解决办法。最后拿出了两套方案：一是彻底解决大部分问题的三年方案，这需要军区统一筹措经费，逐步解决固定的信道、水路和电路，逐年安排所有老同志的房屋修缮等问题。二是采取应急办法，立即解决"三通"问题。

他要求通信、工兵、营房、卫生、防化、文化等部门，翻翻仓库，调剂一些库存物资，先为他们解决"三通"问题。比如通信部门可以先拉野战被服线解决通话问题；营房部可以协调地方有关部门设法就近接通简易管道，个别一时解决不了的先用防化清洗车送几个月的水解决吃水问题；电不通的先协调地方电力部门拉明线，或用野战发电机先解决照明用电问题等等。在首长的精神感召下，各个部门通力合作，干休所的"三通"问题当年年底基本得到解决。总部对军区这一做法十分认可，给予了通报表扬。

首长对工作认真负责的态度对我影响极大，我在以后的不同工作岗位上时时以首长为榜样，不敢说做得十全十美，但从未出现过大的判断失误和工作遗漏。

"你们绝不能搞特殊"

反对搞特殊化，是我党我军一开始就十分注重的一个问题。在这一问题上，老一辈革命家和那些开国将领们为我们做出了很好的榜样。就拿杨树根首长来说，他不仅对自己要求严格，对家属子女和身边工作人员的要求也十分严格，堪称典范。

比如他的专车，家里人、家务事从来不允许使用。他总是说，车是组织配给我工作用的，就像战争年代给指挥员配马一样，绝不能干其他事，否则就是搞特殊。20 世纪 80 年代初，首长用车换了"大红旗"，这种车档次高，保养要求也高，发动机不能长时间不工作。有时候较长时间不用车，他宁肯让司机在车库发动半小时空转，也不让家里人用车出去办事。此事虽小，可见精神。

子女的工作、学习、转业安排等，从来不向组织上要求照顾。大儿子"文革"前部队大学毕业，参加过抗美援越战争，思想敏锐，理论功底厚实，团职干部时因部队调整整编安排了转业。首长本来在地方上有不少老战友（包括当时的省委书记），完全可以给孩子安排一个很好的工作，但是他只有一句话，"听组织安排吧"。最后孩子分配到了一个企业性质的单位，一直工作到退休。

二儿子在海军一个保密单位工作，后转业至北京。首长在北京工作多年，亲朋好友不少，但他不愿给别人找麻烦，最后安排在一家宾馆的动力部门干修理工。

大女儿原在河南平顶山一家部队医院工作，丈夫在广州工作，夫妻两地分居，没敢要孩子。为解决两地分居，好不容易调到了一起，又遇到丈夫被解放军总医院老专家相中选为助手，要求夫妻随调进京。开始两人不愿意，首长说，这是部队建设发展的需要，还是去吧。两人在新单位干得都不错，双双成为单位的业务骨干，而且都是中央保健小组的成员。

小女儿入伍后考入中山医学院读书，周末可以回家，都是骑自行车来回，上学四年没人知道她的父亲是军区的大首长。毕业后在部队医院工作，被选送到国内名医钟南山处进修。她刻苦好学，钟南山认为这是个可造之才，想要她留下当助手，并找到当时军区王猛政委正式提出要求。王政委告诉钟南山，她是杨副政委的女儿，杨副政委是老首长，要问问杨副政委的意见。王政委把情况告诉首长，问他什么意见，他回答，"她是我的女儿，更是部队干部，她的去留问题请组织上定吧。"结果，因为原单位考虑组建呼吸科，需要她回来牵头，此事只好作罢。总之在个人问题上，首长对子女的要求是严格的，从来不把他们视作自己的"私有财产"，不为他们开后门。孩子们也都很自觉，没有一人有怨言，表现出很高的政治觉悟，不能不说有首长的言传身教之功。

我个人也深有体会。1983年初，部队干部制度改革，有不少首长要退出领导岗位。这时有的秘书请自己的首长出面打电话、写条子，为自己的工作提前做安排。我开始并没有这个打算，有几位老秘书说，别人这么干，你为什么不试试呢？我还是没有动心，因为我在平时与老张同志聊天中知道，首长在战争年代的几次提拔使用和首次授衔也曾遇到过不公平对待，心里也不高兴，但他从来没有因为个人的事情向组织上张过嘴，这是他的一个原则，我怎么好让他破例呢？后来，还是经不住诱惑，心想试试看吧。

一天上午，我先向首长夫人说了说情况和我的想法，她鼓励我说，"把你的想法给首长说说吧。行就行，不行就不行，没什么关系，他会理解你的。"于是，我们俩一起到首长办公室，说了说我的想法。首长听了后考虑了一下说，好吧，我给于主任（当时司办主任，后任总政主任的于永波首长）打个电话看看。下午，首长把我叫去，告诉我说："小李，中午我想了一下，这个电话还是不要打。你在我这里工作，干得不错，我很满意。

你的情况你们办公室也是了解的。但是干部的工作安排是组织上考虑的事情，我给你打了这个电话，也许会给你安排个去处，但可能很勉强，甚至会给你造成不好的影响，对你今后的发展也不利。"我听了后忙说，"不用打了，我上午回去后也很后悔，不应该给您提这个分外的要求，一切听从组织的安排吧。"后来的事实证明，首长说的是正确的。我利用首长退下来不是很忙的机会，用4年的业余时间读了中央电大中文专业，还脱产到解放军南京政治学院学习了两年，取得了两个大学文凭，扎扎实实为自己充了电。从南京政治学院毕业后，仍给首长当秘书，但经常被抽去写材料，参加一些部队的中心工作，更得心应手。

1990年后我任办公室第二秘书处处长期间，有两次很好的转业机会，都是别人点名来要，而且位置都很不错，但是前后两任司令部首长都未同意，我也就听从组织安排了。可以说，我在首长的教诲下，一生听党的话，服从组织安排，不钻营、不送礼，不搞歪门邪道，不让自己日后问心有愧。想想看，一个农村青年，能在部队这所大熔炉里，成长为正师职干部，夫复何求？

"看看他们的生活怎么样"

首长还有个特点，恋旧。他特别对和自己共同工作战斗过的人有一种深埋内心的记挂和思恋。尤其到了晚年，与人谈话、聊天从来不谈自己，倒是嘴边常常挂着那些在革命战争中牺牲的战友。还在工作岗位上时，每次到外地工作或开会，总会探望一下已故战友的遗属和子女们，嘘寒问暖，看有没有什么困难可以帮忙解决。

他在抗战时期任冀南五分区政委时的搭档赵一京司令，1943年在一次突围战斗中牺牲，其遗孀在新中国成立后一直在北京生活，"文革"期间他们断了联系。"文革"后第一次进京开会，首长就要我想方设法找到了他的家人，并利用会议间隙到家里看望。以后每次到北京，只要有时间，都会去家里走一走。赵家同院还住着一位在职的总部首长，也是首长同时期的战友，他却一次也没登门。我问为什么，首长回答："看遗属是一种责任。他们的亲人在革命战争中牺牲了，甚至没有看到胜利，我们这些幸存下来的人理应对他们的家人多一点关心，尽可能给些照顾。能看看他们的亲人，自己的心里会好受些。还在职的同志工作忙，就不打扰他们了。"

战争年代首长有个警卫员，从抗战时期就跟着他，叫宋文航，首长夫妇和家人跟他的感情很深。1943 年首长作为党的"七大"代表赴延安时，就是宋文航带着一个警卫班从冀南一路护送的。"七大"结束后又一起返回了冀南，下了战斗连队。新中国成立后，宋文航转业到一家保密的军工厂工作，后来失去了联系。20 世纪 90 年代后期，一个偶然的机会知道了他的下落，原来工厂搬迁，由东北迁至陕西汉中，在厂里当保卫科长，身体不是很好，胃病比较严重。

1981 年春节前我去陕西安康探亲，那时从广州到安康的铁路需要绕道经过汉中，首长和老张同志嘱咐我在汉中下车，去看看宋文航，还准备了一些治胃病的特效药。他们告诉我："这个小宋，人很聪明，点子也多，打仗勇敢，负过几次伤。多年不见，现在年龄也大了，不知道他现在过得怎么样。你代表我们去看看他，问候一下，看生活上还有没有什么困难。"关爱之情溢于言表。我遵照嘱托在汉中下车，到宋家住了一晚，向宋文航同志转达了首长夫妇的问候，转交了药品，他们一家都很感动。类似的事情还有不少，这只是其中的一件。事情虽小，足见铁汉也有柔情时。

我离开首长身边后，时不时会去家里看看他。每次他都非常高兴，问问我的工作生活，谈一些时事政治，聊聊社会新闻，话题很多，谈兴很浓。每次还总要我留下吃饭，自己抱着平时不舍得喝的茅台酒，让我陪他喝两杯。每当想到他此时兴高采烈的神态，我的心里总会有一股情愫油然而生，久久不能平静。

"学习也是工作"

首长 15 岁参加红军，没上过学，到了革命队伍才开始认字、学文化。他告诉我，战争年代没有条件好好学文化，听报告、传达作战命令大都靠脑子记。这样干工作在基层还可以，职务高了就吃力了，逼着你学习，只是时间断断续续，完全靠自己挤，学习不系统。他回忆一生能坐下来安安心心专门学文化只有两次，一次是在延安参加"七大"前，先在中央党校学习一年多；一次是新中国成立后在中南军区干部学校学习了两年（包括结业后留校工作）。

这其中，第二次学得比较扎实。当时，首长在高干班，每位学员安排一位专职文化教员，还有针对性很强的学习计划。头一年没别的事，任务就是学习，后一年组织安排他担任了校领导，但学习任务没放松，文化教员还跟着。他说学不学真的大不一样，眼界开阔了，看问题深刻了，工作起来目的性更强了。事实上学习本身也是工作。这样的认识支配着他后半生，成了习惯，直到晚年，读书仍是他生活的主要内容。20 世纪 80 年代中期他退居二线后，还报名参加了中央电大中文专业学习。有个记者采访了他，在报纸上发了消息，一时间"将军学电大"成了一条热点新闻，不少报刊转载了消息，人民日报还配发了图片，在社会上产生了一定的正面影响。

他对我们这些工作人员的学习抓得也很紧，特别要求我要结合工作，有针对性地学习。比如，他在军区分工抓后勤工作，就要求我读一些有关这方面的知识。我还真是在这方面下了功夫，曾经比较系统地研究过中国的仓廪制度，还试着写了一篇关于中国历史上仓廪制度与军事关系的文章发在《后勤》杂志上；他抓民兵政治工作，就要我就这方面内容安排学习，等等。这些训练和学习的积累，对我日后的工作都有极大的帮助。

在首长身边工作多年，他的教诲还有很多，篇幅限制，不再多说。但他用自己对理想信念的执着和丰富的生活阅历影响着我，使我得以健康成长，少走了许多弯路，可谓幸哉！现在，首长虽然与我们天人相隔，但他永远活在我们的心里。谨以这篇文字，表达对首长的深深思念。

（本文作者系广州新四军研究会副秘书长兼文宣部部长）

在解放战争历史性转折的日子里

钱明德

口述者简介：钱明德，祖籍浙江宁波，1928 年出生于上海，1944 年 12 月参加革命，1945 年 2 月调入新四军，1946 年 6 月入党。历任通信员、电训班学员、技术侦察员、新闻台报务员、话报侦听员。1950 年先后任报务主任、技侦室主任、站长、技侦大队长、团长、情报处副处长。1982 年离休。

一、仓促分兵　出击鲁南

自蒋介石在 1946 年 6 月下旬对我中原新四军五师发动进攻开始，他便彻底撕毁了国共双方签订的"停战协定"，对全国各解放区发动全面进攻，迫使我党、我军进行自卫和反击。经一年多的战斗，我军大量歼灭了国民党军的有生力量。仅在华东战场上，先后打了苏中的七战七捷，继而又打了宿北、鲁南、莱芜、孟良崮等战役，歼灭国民党军 20 多万人，从而使蒋介石再也无力进行全面进攻。当时，我在华东野战军第一纵队侦听台——五台当侦听员，亲历了整个华东解放战场几乎全部大的战役，亲身经历叶飞司令员等纵队首长指挥作战。

孟良崮战役后，我们一纵撤出战场，连续行军 200 多华里，到达朴里庄进行休整，6 月 6 日转到大桑树待命，6 月 20 日又东涉沂水到达王家庄，待机寻歼敌人。此时，五台已增加了盛军达、郁善伟、梅征武三人。我们在侦听中了解到山东敌军的部署已做了较大调整，国民党军的战略已由全面进攻改为对延安和山东的重点进攻。在山东战场上，蒋介石调陆军副总司令范汉杰到鲁中统一指挥，在莱芜、蒙阴一线不到 100 华里正面集中了九个整编师，23 个旅，24 万多兵力。战术上改变为以四个师组成一个方阵，密集平推，步步进逼，向我沂蒙根据地进攻，企图把我军挤到胶东或黄河边上，迫我决战。此时，国民党大肆吹嘘山东共军已到山穷水尽，北有黄河天险和国军精锐兵团阻击，西有微山湖和强大兵力阻拦，南有国军华中重兵，以逸待劳。如固守鲁中山区，则将被国军强大炮火摧毁；退入胶东，是牛角尖，三面大海，更是绝路，几乎是无处可躲，无处可藏，无处可逃，扬言在两个月内解决山东问题。此时的山东战场的军事形势虽不像国民党所描述的那样可怕，但对我军而言确实极为严峻。

6 月 20 日，我中央军委指示野司："敌正面绝对集中兵力，其两翼及后路异常空虚，给我以放手歼敌之机会"。"你们应以两个至三个纵队出鲁南，先攻费县，再攻邹（县）滕（县）临（城）枣（庄），纵横进击，完全机动，每战以歼灭敌一个旅为目的。此外，你们还要以适当时间，以两个纵队经吐丝口，攻占泰安，扫荡泰安以西、以南各地，亦以往来机动，歼敌有生力量为目的。正面留四个纵队监视该敌，使外出两路易于得手。……或以两个纵队出鲁南，以三个纵队出鲁西亦可。"

为贯彻中央军委的指示，野司首长立即进行认真研究，决心着眼全局，策应刘邓大军实现在 6 月底南渡黄河，挺进中原的战略行动，放弃各种顾虑，仅做了一天多的准备，便兵分三路，向敌展开积极的作战行动。具体部署是：由第三、第八、第十纵队组成右路军，由陈士榘、唐亮率领向津浦路西泰安、大汶口一线出击，进入鲁西南敌后；由第一、第四纵队和中原突围后组成的独立师组成左路军，由叶飞、陶勇率领，叶飞统一指挥，穿过临（沂）蒙（阴）公路向鲁南出击；余下的第二、第六、第七、第九纵队，加特种兵纵队在正面阻击北犯之敌，伺机歼敌。这就是载入华野史册的"七月分兵"缘由。

我们一纵、四纵既没有做长时间内连续行军作战的准备，又未考虑鲁南已进入雨季的气象因素可能带来的种种困难，就义无反顾地离开根据地的依托，一往无前地向敌后出击了。我们五台出发前只听上级动员，要有准备较长时间连续行军作战的思想准备，个人都做了彻底轻装，运输班的 3 名战士和 5 名胶东民工除背负 5 套接收机和电池外，又增加了 3 份备用的 AB 电池，有的人抽时间匆匆打了几双草鞋，但多数人都没有任何准备。

6 月 27 日，我们左路军从沂水东的王家庄出发，每日以 60 华里 ~ 70 华里的速度，经李家庄、黄石墟、石坑、蒙阴、小玉庄、岸堤、马窝、黄家园等地强行军 500 多华里，直插鲁南敌后，决定在费县歼灭敌 33 军 59 师的 38 旅。

二、攻占费县　收复峄枣 ①

在我军积极行动的配合下，1947 年 6 月 30 日夜，我中原野战军 7 个纵队在刘伯承、邓小平的指挥下，以极为巧妙的计策，抢渡黄河天险，以迅雷不及掩耳之势歼灭和击溃扼守黄河的国民党军 6 个整编师，胜利地进入鲁西南地区，拉开了我人民解放军由战略防御转入战略反攻的历史序幕。与此同时，我华东野战军的左路军在叶飞、陶勇两位首长的率领下，经蒙阴、岸堤强行军 400 余华里，到达费县附近。这时，我们侦获此时驻守费县的敌军为整编 59 师第 38 旅。

我四纵先头部队于 7 月 1 日立即向费县之敌发起攻击。7 月 2 日，攻占了外围全部据点，将敌压缩在费县城内。这时，天气突变，电闪雷鸣，顷刻间飘泼大雨倾盆而下。

7 月 3 日，大雨继续，天气变得灰蒙蒙、阴沉沉。费县城高 4 米，城墙厚 5 米，由于连日大雨，河水猛涨，四纵久攻不下。为了尽快攻下费县，

①即峄县和枣庄。

叶司令命令我一纵一师率一、二团配属一个山炮连参加攻城战斗。一师在 7 月 6 日晚抵达费县城北，立即协同四纵向费县县城发起攻击。到 7 日上午 9 时，全歼敌 38 旅和前来增援的 37 旅一个团，共歼敌 6000 余人，生俘敌 38 旅旅长翟紫封，收复费县。此时天气转晴，敌从徐州起飞的飞机前来轰炸扫射，狂轰滥炸，把被我一师俘获的敌旅长翟紫封也炸死了。

7 月 9 日，部队继续前进，收复枣庄、峄县，敌冯治安部退守运河一线。我前指进抵韩庄，直接威胁徐州，作为国民党陆军总司令部所在地的徐州当时已是空城。我们及时侦获本拟调去追击刘、邓大军的整编 75 师急速从宿县回调，以保卫徐州，并转而向南对我军攻击前进。叶司令员得知这一情况，仔细查询确认后，立即将原计划准备向宿县方向攻击改变为向北阻击敌整 75 师。至此，我左路军完成了调动敌军，策应刘邓大军南下跃进大别山的战略部署后，主动撤出战斗。

鲁南是我一纵很熟悉的地区。1946 年为了保卫临沂，曾较长时间转战鲁南费县、峄县、枣庄地区，与鲁南地区的人民群众有很深的感情。在抗战时期，鲁南就是较早建立的抗日根据地。但时隔一年，这次深入敌后回到鲁南，其环境几乎面目全非。我们从坦埠、华埠两侧经过，所到之处，几乎没有一个完整的村庄，所有的村庄都没有一栋完好的房屋，大多是一片瓦砾。到处都是断墙残垣。一个较大的村庄内剩下几栋残缺房屋，入内敲门也是很久无人搭理。偶尔碰到一个老人颤抖着开门，一见到穿军装的就怕得要命。待我们解释清楚是当年八路军、新四军回来时，他就声泪俱下，诉说他们惨遭国民党军蹂躏的悲惨景象。这给我留下了极为深刻的印象，也激起了我军广大指战员极大的愤慨。原来，蒋介石为了发泄其整编 74 师被我军歼灭的仇恨，用 B-24 美制战略轰炸机对鲁南解放区进行了所谓地毯式的轰炸，整个地区几乎被敌人炸为平地。我军转移后，国民党军所到之处烧杀抢掠，无恶不作。人民群众藏无可藏，躲无可躲。我地方武装大多也跟随部队转移，老百姓虽也实行了坚壁清野，但也经不起国民党军来回扫荡。还有还乡团的反攻倒算，一些不坚定分子也纷纷反水。真是民不聊生，一片凄凉，一个村子中很难找到一户完整的人家。在这种情况的刺激下，部队虽然连续行军作战，极度疲劳，但战斗情绪很高，都想着能为老百姓狠狠地教训一下敌军，把仗打好。

三、围攻滕邹^①　威胁徐州

我们左路军第一、四纵队取得出击敌后首仗歼敌四个团和一个旅部的费县大捷后，在面对鲁南人民群众饱受国民党军残酷摧残、民不聊生的激励下，虽然连日冒着倾盆大雨行军作战，十分疲惫，但仍士气高昂，奉野司命令强行军200余华里，挺进津浦线上的滕县、邹县。邹县驻有敌川军第24军军部，四纵于7月13日先向邹县发起攻击。14日，我一纵前指挺进到距滕县县城不到两华里的高庄。滕县是国民党军在山东战场津浦铁路中段的弹药粮食补给基地之一，是战略防守的主要据点，城墙高7米，周围有护城河，工事坚固，还有鹿砦、铁丝网等辅防工事，驻有重兵防守。守敌为川军整编第20师师部，师长为杨干才，辖第134旅部及400、401两个团、第74师炮兵团，此外还有保安第六团及伪县政府警察、还乡团等。

纵队首长命令一、二、三师分别向滕县县城的东、南、西、北四关冒雨发起攻击。由临时配属一纵指挥的独立师负责进攻滕县以南的官桥，并向南阻击可能增援之敌，滕县南30里官桥驻有敌军伞兵纵队一个营。从7月14日夜十点开始发起攻击，至16日下午，两天来我各师冒着大雨，经过激烈战斗，城郊外围据点大多被我攻占，但东关东北角的宝塔及城北高楼两个制高点久攻不下，部队伤亡较大。17日夜9时，各师对各城关发起总攻，我一师、三师曾多次逼近城墙，三师九团两个营还先后3次突上城墙，占领城墙一角，但遭到敌宝塔及高楼炮火的反击，伤亡较大，被迫后撤。与此同时，我四纵攻击邹县，独立师攻击官桥均未得手。叶司令曾准备调整部署，由一纵、四纵集中合兵，再度强攻滕县。然而，蒋介石在我一纵、四纵深入

①即滕县和邹县。

鲁南收复费县、峄县、枣庄，威胁徐州之后，被迫改变作战方针，从鲁中急调第 5 军、第 7 军、整编 57 师等七个整编师陆续南下西援津浦线，企图在鲁南围歼我一纵、四纵队。

此时，我们侦获敌人欧震兵团 5 个整编师已从鲁中调头向我方向驰援滕县，距我只有 60 余华里。同时，我内线部队在南麻、临朐，右路兵团在济宁、汶上一线的仗也没有打好，但调动敌人的意图已经达到。野司命令我们一纵、四纵主动放弃攻城，迅速撤出战斗，避开敌人主力欧震兵团，向东渡沂河转回内线。我们两个纵队同时撤出战斗，于 7 月 20 日撤离滕、邹地区，强行军 150 余华里，我纵队前指于 23 日到达峄、枣东北上旺沟、郭村地区集结待命。野司的意图是待我军正面阻击部队在南麻、临朐反击敌整 8 师、整 11 师，得手后再南北夹击敌一个兵团。24 日晨，纵队前指到达新庄宿营，我们当即架设电台展开搜索，掌握当面敌人欧震兵团和王敬久兵团的动向。

四、沂河暴涨　四面受围

我刘邓大军巧渡黄河，在鲁西南半个月时间内，歼敌九个多旅 9 万余人，先后收复菏泽、郓城、巨野、定陶，进逼金乡、曹县，从西北方向威胁徐州；而我华野一、四纵队收复费县、峄县、枣庄，强攻滕县、邹县，从东北方向威胁徐州，在此态势下，迫使蒋介石做出了改变重点进攻山东解放区的方针，于 7 月中旬调整部署，临时紧急命令欧震兵团配属的整 57 师、整 75 师、整 85 师，加上汤恩伯兵团的两个师和整编第 7 师、第 48 师共 7 个师，分别从鲁中山区掉头转向鲁南，敌整编 83 师从临沂向西夹击我军，企图在鲁南地区围歼我一、四纵队。当蒋介石获悉我一、四纵队攻击滕县、邹县失利，已东撤枣庄东北地区后，十万火急催促欧震兵团及其各师急速前进。但国民党军也同样是处于大雨倾盆、道路泥泞中，行动速度也受到极大的限制。蒋介石判断我军可能东涉沂水北返内线，急令欧震兵团南下梁邱以南地区，命令整 7 师、整 48 师向东南地区推进，命令整编 83 师在沂河一线堵击，命令 33 军和整编第 3 师向峄、枣东北挺进，断我后路。蒋介石布下了围歼我一、四纵队于鲁南枣庄东北地区的一张大网，在国民党军的各师、团来往电报、电话密码、密语中都叫喊着啃"西瓜"，吃"面包"的叫嚣声（这是敌军电讯通话中的密语，把一纵称为"面包"，称四纵为"西瓜"）。

这是我一、四纵队在解放战争中所遇到的最为严峻的时刻。此时，敌军北有第 5 军、第 7 军、整 57 师，东南、东北有欧震兵团的整 75 师、85 师、48 师、65 师和 64 师等五个整编师，西南有冯治安两个军在峄县、枣庄、台儿庄一线。面对敌近 20 万人向我合围，又时逢雨季，连日大雨磅礴，东边沂河水位暴涨，无法徒涉（我们北上南下时就多次靠徒涉过河，沂河上没有桥），西有津浦铁路、独山湖、微山湖等阻挡，南有陇海铁路、运河，敌军的重兵从北、南、东、西都在向我逼近。我一纵于 7 月 23 日晚从郭村出发，24 日晨到达新庄，本想 24 日晚继续东涉沂河，北返内线。此时，我们侦获敌整编 83 师冒雨进抵沂河旁李家庄，意在阻击我强渡沂河。沂河水位暴涨，没有船只根本不能过河，且沂河北边的情况也还不明朗。24 日上午，叶飞司令亲自到五台来询问敌人情况（在平时战斗中他很少亲自到台上来），谭启龙副政委、张翼翔参谋长更是不时跑来询问敌人情况，由于敌欧震兵团各师都正在向我合围的行进当中，尚未到达目的地，我们只能如实报告敌人正在行进中，暂时无法弄清具体位置。叶司令问什么时候可以知道敌人欧震兵团的位置，我们台长秦基同志回答，估计要等到晚上，或者明天上午。叶司令回去后不久就传来今天晚上不走了，原地待命。

当天晚上，我军侦获到敌冯治安部整编 59 军白天在枣庄，但傍晚已从枣庄地区缩回峄县。第二天（也就是 7 月 25 日）上午 7 时开始，敌欧震兵团接连到达位置，各师、团几十部电台纷纷出联呼叫，按级向上报告自己到达的位置，非常热闹。我们也立刻打开全部 5 台机器，6 个人全部同时上机加强听、抄。虽然这次行动中敌人电台全部更换了通信资料及密码、密语，但因为同时听抄到几十份密报、密语，综合运用台情、联情、密情、敌情和以往经验，很快就弄清了各个电台敌人部队番号，并破译了这些密报、密语。至上午 10 时，我们已全部准确的摸清了敌欧震兵团各师团新到达的具体位置：敌军 8 个整编师已到达我一、四纵队周围，欧震兵团的 5 个师以梁邱为中心，整 65 师、整 85 师、整 57 师及两个粤军师分别到达梁邱的东南、南、西南方向。此时，徐州剿总又催促他们急速向东南方向攻击前进，压缩包围圈，同时又命令枣庄地区的冯治安部 33 军和整编第 3 师向东北方向推进，断我后路，完成合围。敌 48 师和 75 师先头部队的驻地与我军所驻村庄仅是邻村相望，此时敌人的前锋部队虽知道正向我合围，但尚没有发现我军的具体位置，亦未与我军接火。由于我们一纵和四纵是华野主力，又在南路孤军深入，对敌人威胁最大。这次敌人在惊悸中又产生了抓住机会的狂妄，蒋介石下了一个大赌注——调集优势兵力，认为围歼我一、四纵队的如意算盘即将成真，好不得意。而我一、四纵的命运也确实处在千钧一发之际。

五、声东击西　突出合围

在摸清敌人的情况后，叶飞司令与四纵陶勇司令根据野司首长"仔细考虑""机断处理"的指示精神，考虑再三，果断决定向西南突围，击破敌整3 师、33 军的拦阻，穿越津浦铁路，强涉大沙河，甩掉欧震兵团。为了迷惑敌人，声东击西，示形于东，造成敌人错觉，引敌东去，掩护一、四两个纵队主力向西突围，必须有一部主力向东佯动，而我主力部队趁机向西突进，以期与敌人主力拉开距离，跳出包围圈。但这支向东佯动的部队必须是强有力的部队才能迷惑敌人，同时又必须具备牺牲精神，因为有可能在敌人重围中造成部队的重大损失。

叶飞司令和陶勇司令商量，由四纵十师佯动掩护诱敌东去的任务，准备牺牲这一局部来换取全局胜利。叶司令员在自己的回忆录中曾深情地怀念与陶司令这段经历，他们两人在解放战争中多次并肩战斗，结下深厚的友谊。此次鲁南突围，陶司令更是顾全大局，为胜利突围而勇于承担重任。他同意叶司令采用声东击西战法，主动提出由四纵第十师担任佯动掩护任务。十师是四纵的主力部队，佯攻掩护需要这样一支坚强部队，用十师是最稳妥的方案，但此去能否完整回归是个十分凶险的未知数！叶司令十分佩服陶司令的胆魄。由于该师只有二十八、二十九两个团，兵力不足。为了加强这个师，叶司令提出由一纵一师参谋长余光茂率一师三团划归十师建制，充实该师实力，佯装大军东渡沂河。敌人判断我军25日会继续东去，蒋介石立即命令欧震兵团向东追击，同时敌33军一部再次进占枣庄、齐村以北15华里的上下山口，敌伞兵纵队亦自台儿庄向北经峄县，一起向东压缩。

一、四纵队其他领导同志取得一致意见后，行动开始。十师二十八团、二十九团和一纵三团佯动部队先于7月24日向东攻击前进，直逼向城。25日与敌第7军、整48师遭遇激战，他们利用鼻子山东北向西南10里的山势，宽正面组成一条半月形防线，造成我全军主力向东突围假象，以猛烈的火力迷惑吸引敌军，后又陆续转移到石桥、张家庄、黄连山一带继续阻击，敌军果然上当。26日敌33军占领齐村，敌伞兵纵队占领峄县，被吸引着一起向东追击十师。我一纵、四纵主力趁此机会，以一师为前卫，进占齐村西北15华里的要隘，与敌相距10华里，掩护全军向西全力突围。

7月25日傍晚，天气朦朦胧胧，阴沉沉的、细雨蒙蒙，纵队直属队按行军序列集合在新庄村头上。叶飞司令员第一次（也是唯一的一次）在直属队出发前的集合地作动员讲话。他说："同志们，现在我们已经完成了党中央、毛主席和野司首长交给我们调动敌人，粉碎敌人对山东重点进攻的任务，敌人已经被我们从鲁中根据地调回到鲁南来了，现在我们的任务是要摆脱敌人。我们有党中央、毛主席和野司首长的正确领导，有广大人民群众的支援，我们一定能够克服一切困难，胜利地摆脱掉敌人，大家要经得起更加艰难困苦的考验，要坚定胜利的信念……。"当时的场面真有点悲壮激昂，拼死要杀出敌人重围的气氛。有许多同志当然不知道当时我们处境的危险，但叶司令员亲自在出发前庄严肃穆气氛中的动员，加上天气蒙蒙细雨的特定环境，使大家预感到将要来临的危险和艰难困苦。我们台上的工作人员大多心里都非常清楚，我们已被敌人四面包围在一个袋形的地域，唯一可以冲出去的袋口就是向西。趁冯治安部战斗力不强，晚上有可能从枣庄缩回峄县这个空隙的机会，尽快越过津浦线进入鲁西南。但要冒险穿过微山湖和敌人的阻击封锁，前途莫测。当晚，由我纵一师为左路前卫，一师第二团经过激战攻占齐村西北15华里要隘上下山口。四纵十二师为后卫，掩护全军向西突围。

我们自新庄出发，天渐渐黑下来，蒙蒙的细雨却越下越大，逐渐变成瓢泼大雨。大家都没有任何遮挡的雨具，雨水沿着帽檐流过脖子进入衣领，雨滴打在脸上生疼，顷刻间衣服、背包已全部湿透。最糟的是鲁南土路泥泞不堪，平时只是一层土，雨天变成上面是稀泥，中间是稠泥，底下是小碎石，深浅不一，浅的可到脚踝骨以上，深的能到小腿肚子，一脚踩下去，脚拔出来时，鞋子已陷在泥中，用手把它挖出来绑上再走。开始用带子绑在鞋帮上可以走一段，走不了多远鞋帮与鞋底逐渐脱离，就改为绑在鞋底上。就这样艰难地走了一个昼夜，到达杨家岭稍加休息后又继续穿过峄县向西。经300余华里连续强行军，于28日到达滕县东南的桥口。当晚又越过滕县以南的津浦铁路到达孔庄，这时已与敌军拉开了一天的路程，突破敌人第一个包围圈，粉碎了敌人第一次合围企图。

当敌人发现我军向东攻击前进的部队只有一个师，而主力已向西而去时，就停止了对我十师佯动部队的追击，使十师得以顺利渡过沂水进入鲁中沂蒙山区。①

六、击破拦围　冲过沙河

　　欧震兵团主力奋力追击我四纵十师的时候，我军一、四纵队主力部队越过敌冯治安部的拦阻，到达滕县东南靠近津浦铁路线，跳出了敌军重围，与敌欧震兵团拉开了一天路程。蒋介石得知这一消息后大骂欧震等人无能、废物、罪人！亲自重新调整部署，急令欧震停止对我四纵十师的追击，命整85师、整65师掉头越过津浦路向西追击，将57师车运滕县以北的两下店站，从北向南迎头拦阻我一、四纵主力。令33军在我后路追击，迟滞我军行动。这是蒋介石企图在津浦路西、独山湖以东、大沙河两岸的狭长地区，第二次围歼我一、四纵队的如意算盘。

　　津浦路西是一片水网地带，从济宁到韩庄、南阳湖、独山湖、昭阳湖、微山湖，由北向南连成一片。由于连日大雨，原来这些湖间所有的通道与湖水都成了一片汪洋，宽十几华里。运河、万福河等大小河道又纵横其间，这些河道旱季可以涉水而过，可是雨季河道不仅两岸宽度大面积扩大，而且水流湍急，主河道都有2米以上的水深。7月29日晚，我军在滕县南前后七里铺、沙河车站之间越过津浦铁路向西北挺进，到达闫村、朱楼一线，此时横在我们前进道路上的东有无法徒涉的独山湖，北有三条大沙河。此刻整个地区被淹没在水中，一片汪洋，我们既无船只、木筏，甚至连绳索都无法找到，在前有敌军及大河阻挡，后有强大敌军追击的严峻困难面前，只能毅然决然地冲过河去才是唯一生路。纵队首长命令我纵二师先敌抢占休城东北两华里的战河一线地域，以掩护部队徒涉沙河。我们纵队机关是在夜间徒涉沙

①编者注：四纵十师佯动部队于8月3日凌晨趁敌军调整部署之机，从两敌之间相隔仅五里的间隙穿过临费公路，经青驼寺直达鲁南解放区费县东侧岭子后村，后转移到诸城以西无恩地区休整，转战胶东。胶河战役后南下解放诸城，次年2月在鲁南定陶刘楼归建。这次佯动，十师兵力损失60%，但他们完成了钳制、吸引、佯动、掩护主力部队向西突围的重任，又胜利地带领部队突出了敌人的重围。——《卢胜回忆录》，王炳南整理，东方出版社1992年版，第228页。

河的。三条沙河河面本来并不宽，河床也不深，但此时河与河之间的路上大多水及膝间，主河道大多深及胸部，甚至颈部，且水流湍急，最深处达两米多深。

由于连续行军在泥泞路上，许多同志早已没有鞋袜，我出发前准备的两双鞋子，虽然连着鞋底绑在脚上，也经受不起泥水来回拔搓，鞋底与鞋帮早已脱节。在沿途经过的村庄，不得已用被套（出发时已上缴了棉胎）与老百姓换了一双旧鞋，此时也已勉强穿着，应该说绑在脚上，过河时我脱下来背在肩上。因为我不会游泳，此时只能跟在驮行李的骡子后面，遇到脚踩不到底时，立即抓住骡子尾巴，闭住呼吸，闯过深水区。我们台上的运输班战士大多已换成胶东支前的翻身民工，他们都是在过河时头顶着电池和机器，不让这些宝贵的器材受湿、受潮，保证了我们在到达宿营地能及时架台工作。有时行进到两条河道之间的高坡上，没有水面，部队就地休息，很多人连日行军，人困马乏，不管泥地、水草湿地，躺倒就睡，再行进时有的一时醒不过来，往往就掉队了。连日行军作战，大多数人身体十分疲劳，晚间行军到天明，一到宿营地，立即架台侦察敌情。白天我和袁锦屏同志轮流值班，一到傍晚又接着行军，中间休息最多两个小时。因而夜间行军时，有时已身不由已。迷迷糊糊地跟着前面走，有时走着走着就撞到路旁的树上或前面同志身上，或掉进路旁的沟里。我们所到之处，所有村庄都早已被国民党军和还乡团抢掠一空，部队无法筹到粮草，偶尔路过一个大村庄，向地主筹些粮食，也多是没有磨过的麦子，没有时间加工就煮着吃。麦子皮厚，吃后根本不能消化，吃进去的是麦子，拉出来的还是麦子。经常忍饥挨饿地坚持行军，部队一停下休息，就到附近村庄老百姓家中去找吃的，其实老百姓家中也没有什么可吃的，但只要能吃，不管好坏，抓来就吃。老百姓家大多都没有人，差不多都跑光了，我们也只能给老百姓家里留一些"北海票"（山东解放区发行的"北海银行"纸币，我们每月有三元钱的津贴费）。人没吃的，骡马更没吃的，骡马吃不饱，又拉炮，又拉弹药、行李，加之道路泥泞，慢慢地也走不动，腿拔不出来了，后来就倒下去了。重武器没马拉，只好都埋在河里。我过沙河时，就亲眼看到部队战士把山炮埋在河里。随后不久，人骑的马也走不动了。跟着我们机关一起行进的作家黄源，听说是鲁迅先生的学生，他骑的马死了，为了保护知识分子，又给他换了一匹拉炮的大洋马（因为炮已经埋了）。我们私下议论，将来他应该好好写写这段经历，把它写成中国式的《铁流》。走不动的马，就躺倒在路上，影响部队行进，就把它拉到泥泞的路旁。如果是在中途，就没有办法，不管了。如果距部队宿营地不远，就跑去把它杀了充饥，我们一路上很多次吃到这样的马肉。第一次吃时，想起它躺倒路上挣扎时的可怜样子，实在不忍心吃下去，但我们也都是肚腹空空、饥肠辘辘，只好狠狠心吃下去。

由于部队经过的村庄大多出现进村找吃的这种情况，谭启龙副政委在7月30日傍晚机关直属队集合出发前亲自向队伍作了讲话。他在讲话中，先是鼓励大家再接再厉，一鼓作气，克服一切困难，战胜敌人对我们的前堵后追，渡过河去摆脱敌人。他指出："我们目前遇到的困难是暂时的，我们是在为解放全国老百姓而战，人民需要我们保持这支军队。为了保证部队的战斗力，人总是要吃饭的，吃一点可以，但一定要严格遵守群众纪律，要留下钱，要留下欠条，更不容许随便拿群众的东西。"事实上，我们所到之处，群众已是一贫如洗，没什么可拿的，况且我们大多自己的背包都丢了，每天在泥泞的路上行军，东西越少越好，我的被子在过铁路前，因为没有鞋穿就已经与老乡换了一双旧布鞋，此时也只有拿带子绑着鞋底走路。身上只有一套换洗衣服，不足两斤的小包袱，但有时还要背四五斤重的面袋。

7月30日夜，在我二师坚守休城、战河一线阵地的掩护下，我一、四纵队争分夺秒地冲过了三条沙河，粉碎了敌人的第二个"围歼"计划。

七、日夜继程，强涉白马河泛区

7月30日白天，当我军步涉大沙河之际，我们侦获蒋介石急令敌整57师已绕过沙河上游，抢占我右前方的大古村以北高地，敌整65师跟进敌加强 57 师侧翼，敌 33 军兼程北进，第三次企图围歼我军于白马河洼地。

我一、四纵队首长急令四纵第十二师和我纵一师先敌抢占大古村以北一线高地，掩护全军向西北前进。31 日整日，敌整 57 师向我大古村一线阵地反复猛攻，我阵地失而复得。而后敌又向我一师阵地猛攻，激战多时，数次争夺，敌终未能得逞。31 日夜，我大部队先后抵达白马河洼地。

白马河是一条东北—西南走向的沙河，东北通向邹县，西南流向南阳湖、独山湖。由于连日大雨，白马河中段的马坡一带低洼地大面积积水，泛滥成灾，周围的道路、桥梁全被淹没。八华里的洼地，一片汪洋，我们好不容易冲涉过三条沙河，现在又来到八华里宽的"洋面"。纵队机关是在夜间穿越"洋面"的，因为"洋面"宽阔，在夜间更是一眼看不到边。泛滥区的水面虽然平静，但一走入水中，立即感到一阵恐怖。一是不明水底的深度，徒涉时必须一人跟着一个，鱼贯而行，不敢有所偏离，尽量沿着前面开路的部队在被淹没前的原有道路上行进，如果稍有不慎走偏一点，就可能跌入深水，遇到灭顶之灾。二是走着走着脚上就会碰到尸体，刚踢到时不知是什么东西，踢上去软绵绵的，一用力就浮上来一具尸体，使人感到毛骨悚然。有人说，这是我二师部队白天徒涉时遭敌机轰炸扫射牺牲的同志。我在徒涉中，脚就踢到过好几个，这反倒激起我强烈的愤怒情感。我一方面为牺牲的同志惋惜，一方面更痛恨蒋军的残忍，一定要坚持冲过河去，冲出敌人的包围圈。拂晓前，我们终于通过了白马河这一片宽达八华里的巨大泽地，也粉碎了蒋介石第三次围歼我军的梦想。

八、抢渡运河　突出重围

涉过宽阔泛滥的白马河洼地后，部队虽已极度疲劳，但为了最后摆脱敌人围追，纵队首长命令部队继续前进，不能停留。我们听说右路陈、唐兵团已派兵南下接应我们。

8月1日白天，我一、四纵队继续前进，抢渡泗水。但蒋介石判断我们很可能继续经汶河北上，可以在汶河以南，南阳湖、运河以东，兖州以西地区围歼我军。此时，敌徐州剿总急令第5军、整编75师经宁阳向西拦阻，令驻兖州整编72师与驻济宁的整48师东西夹击我军，整57师、整65师从兖州向西侧击，第73军在汶河北阻击我军过河，围歼我于汶河以南地区。此时济宁之敌已控制了济宁南的运河桥，如果我军继续北上就钻进了敌人新的包围圈。

8月2日，济宁敌人东出，与我军激战，被我击退。为了避开敌人，我军突然从济宁城北边绕过，直插济宁西北30华里大长沟镇的运河桥。而此时，我们侦获敌第5军亦急行军向大长沟前进，谁抢先占领运河桥成了双方胜败的关键。

当天下午，我军先敌占领大长沟镇运河桥，掩护大部队在午夜至凌晨全军抢先通过运河桥，进入了鲁西南平原。至此，我军彻底摆脱了敌军的前堵后追，第四次粉碎了敌人围歼我一、四纵队的企图。

从8月1日开始，我因连日忍饥挨饿地行军，饮食杂乱，见到什么随便抓来充饥，患上了痢疾，一路行军一路拉肚子，一天要拉20多次，拉一次就会掉队，只能眼睁睁地看着部队远去。8月2日夜抢过运河时已掉队很远。我问身边走的部队番号，他们告诉我是三师七团某连，是后卫部队。连队的战士告诉我，后面的敌第5军追兵已离我们不远，要我快点走，快点通过运河，一定要跟上部队。我咬着牙，竭尽全力紧跟在后卫部队里，不敢再掉队。走到次日天明时，远远看到叶飞司令骑着马在前面走，后面只跟着他的一名警卫员。我想，跟着司令员不会错，就艰难地坚持着远远地跟着他，保持能看得到的距离。走至中午，叶司令在到达一个村庄时消失了。我问老乡和村中的部队，才知道叶司令到的地方是二师师部，我只得继续找纵队部所在地。又走了3个小时，到下午3点才找到纵队驻地张家庄，度过了一次脱离部队的最危险时刻。

我军到达嘉祥、郓城地区后，进入了鲁西南的大平原，虽然敌人第5军、整57师仍然紧紧追在后面，但此时已距我们有两三天的路程，完全奈何不了我们了。至此，我军已经突破了敌人的包围，胜利地度过了最艰难的时日。

到达鲁西南后，部队连续行军作战，疲惫不堪，减员很大，情绪不高。正在这时，叶司令在一次干部动员会上向大家传达了党中央、毛主席专门给我们一、四纵队发来的慰问电，他说我们粉碎了敌人对山东解放区的重点进攻，只要我们调动了敌人，我们纵队受再大的损失也值得。现在我们已经全部突出了敌人重围，集中了力量。刘邓大军已挺进大别山区，我们已经完成了策应刘邓大军挺进中原的任务，随后也要打到敌后去。叶司令的动员使大家精神上受到极大鼓舞和振奋。

1947年七八月间我们一纵、四纵突破敌人的层层包围，与三纵、八纵会合进入鲁西南，之后陈毅、粟裕首长又率六纵、十纵南渡黄河，我华野6个纵队组成西线兵团转战鲁、豫、皖、苏四省之间，与挺进大别山的刘邓大军和挺进豫西南的陈赓、谢富治兵团胜利会师，使豫皖苏、鄂豫皖和豫西三个新解放区连成一片，我华东野战军和晋、冀、鲁、豫野战军及陈、谢兵团可以相互策应，直接配合协同作战。这样一来，不仅彻底粉碎了国民党对我山东解放区的重点进攻，而且迫使蒋介石由战略进攻转入战略防御，而我军则胜利地由战略防御转入战略大反攻，这是解放战争的历史转折，也是中国革命战争的伟大历史转折。这是我们从新华社播发的"我军胜利转入战略大反攻"的新闻稿和文章中，才认识到这一点的。当听到这一消息时，就像在梦中被惊醒一样，既兴奋，又疑虑。兴奋是我们终于度过了1946年6月内战爆发以来最困难的时期，疑虑的是我们当时直接面临的处境：一是我们虽然驰骋在中原地区的广大地域，但并没有像在山东时那样大规模地歼灭敌人有生力量，而大多是一些地方保安部队；二是在新区新的基层政权尚未建立，给养后勤供应十分困难，而河南省特别是黄泛区，人民群众的生活已十分贫困，大多逃荒在外，要在当地筹措粮食，供应十几万部队的军粮，确实是一个非常困难的事，也是最糟糕、最急迫的事。部队每天要打仗要吃饭，虽然我们在打下鄢陵、许昌等地时缴获了国民党军的一些军需物资，部队供应有所改善，但亦非长久之计。因此，当时我们很多基层干部思想上并没有真正认识到这个战略反攻的真实意义，还缺乏战略分析的能力。

九、挺进豫皖苏　转入大反攻

1947 年 8 月 3 日，我们第一、第四纵队与陈士榘、唐亮率领的第三、第八纵队在鲁西会师后，越过济宁至兖州一线，跨过运河，进入鲁西南的郓城地区。虽然当时敌人第 5 军和整 75 师依然一直在尾随袭扰，但我们已可以与其周旋，对我军已构不成巨大的威胁了。

为策应刘邓大军挺进大别山，牵制敌军兵力于鲁西地区，我一纵、四纵一直在鲁西的菏泽、郓城、定陶、成武、单县、金乡等地与敌军周旋兜圈子，同时伺机歼敌。但由于经过外线出击到鲁南突围，部队连续作战行军，减员很大，重武器损失，弹药在雨季中受潮，一打仗手榴弹甩出去不炸，炸药包点不着炸不响，因而在 8 月 14 日、23 日两次拟歼灭敌整 75 师均未达到目的，8 月 29 日在巨野地区围攻吴化文部也未能奏效。

我由于在鲁南突围时得了痢疾没有药物治疗，病情日益加重，一天要拉肚子 20 多次，行军时每拉一次就掉一大段路，开始台上运输班副班长老许（是浙东纵队过来的老战士）每次行军都在后面给我留下标记，但以后越掉越远，路标也找不到，只好边走边问老乡，往往是要走到第二天中午至下午 3 时才能找到宿营地，而下午吃过晚饭又要行军。秦基同志考虑到我万一掉队远了，落入敌手就更糟了，决定把我送去野战医院。8 月 7 日我被送到了野战医院。所谓野战医院也和部队一样，每天要跟着部队行动。不同的是，病号能坐上四个木轮子的牛车，不用自己走路。医院里有几个医生和护士、卫生员帮助照顾一下生活，还有几个伤病员，既没什么针药，也没什么药品，每天照样行军，并没有像样的治疗。由于有牛车坐着，虽然跟在部队后面，也整体掉队，但有部队保护，只是每天行军速度慢，在途中的时间长，往往到宿营地后，没有停留多久又要走了。我感觉好像总是在行军之中，难得有一天较长时间的停留。我在医院住了6天，痢疾基本上止住了。8月12日一听说部队要打仗，我向医院提出要回部队，第二天就回到了纵队司令部驻地宋娄。

临走前一天没有行军，我们野战医院住在单县的丁娄，我就闲着和房东老乡聊天。房东是一个50多岁的丁姓农民，他告诉我他向地主租了四亩地，种的麦子和玉米，一年只种一季，秋季收成下来向地主交租要缴六成，自己只能留四成，一家四口人吃不到第二年的春季，还要外出打短工，加上国民党军队一来什么都抢，老百姓仅有的一点粮食都被抢走，家里就什么也没有了。他问我为什么要打仗？到什么时候才能够不打仗？在我们聊的时候，村里一些农民也逐渐地都跑来听我们谈话聊天。一屋子人，他们听得很认真，有的还诉说自己家的苦楚。我对他们讲，不是我们要打仗，本来我们和国民党签订了停战协定，但蒋介石破坏了双方同意的协定，发动内战打我们，逼着我们起来反击。蒋介石为什么要打我们呢？因为解放军要保卫穷人的土地，我们解放军很多战士都是根据地土改后翻身分了土地的农民，根据地都进行了土地改革，农民翻了身，分了地。蒋介石要保护地主的利益，不让农民翻身，所以要打解放军。只有把代表地主利益的蒋介石军队打倒了，才会有好日子，才不会再打仗了。在全中国，不论什么地方，农民总比地主多，只要农民团结起来，就有力量推翻地主势力。我随手拿一根当筷子用的高粱杆（农民和我们部队当时大多都用高粱杆当筷子用）一折就断了。随后，我又抓了一把高粱杆说，一把高粱杆就很难折断，这就是常说的人多力量大，只要齐心协力团结一心，力量就更大。老乡们听了都很高兴，反应非常热烈，要求我给他们多讲讲，问明天能否再给他们讲。当场还有几个人问，他们能不能参加解放军？我说这要由当地政府来办，这里是新区，也会很快成立新的人民政府，你们自己也可以组织起来，自己保卫自己，然后找新的人民政府。部队随时要行军作战，无法随意接收，这要上级领导来决定。这是我在毫无准备的情况下，自发的第一次做群众工作，从开始随意聊天，到宣传浅薄的革命道理，就很快得到了几十个农民群众的赞同，我深深地感到农民多么需要党的领导。

我回到纵队后，这一仗并未打成。8月中下旬，我们纵队在曹县的高庄、李集，成武的杨家楼、南张集庄等地转战，再次拟围歼敌整75师，但由于弹药受潮，仗还是未能打好。

9月初，为了掩护陈毅、粟裕他们率六纵、十纵从黄河北南渡，我纵在郓城地区的大王庄、大厂、王家营一线与敌第5军周旋阻击，我二师五团顽强地阻击敌第5军两天，阵地屹立未动。五团是刚从胶东军区地方武装上升的，在我纵由鲁中向外线出击时才补充到纵队来，大部分是胶东地区土改翻身的农民，打得非常勇敢顽强。敌第5军两个师轮番攻击，数倍于我，均未得逞。敌军在向上报告时称，"敌人（指我军）是主力部队，全都是共产党员，他们身上都带有共产党员的党证"。正在我纵阻击部队十分困难的情况下，刚从黄河北南渡过来的六纵十八师师长前来叶司令员处报到，说他们刚渡过黄河，他带一个前卫团先来会合。叶飞司令立即让他把部队带上去，接替我二师五团的防务，击退了敌第5军的进攻，守住了阵地，顺利完成了掩护陈毅、粟裕首长南渡黄河的任务。

由于我六纵、十纵从黄河北南渡，在鲁西地区增加两个纵队的生力军，野司决定发起沙土集战役，在沙土集围歼一直尾随我军而疲于奔命的敌整编57师。我纵队前指6日从永集出发向西南急行军60华里到达前刘寺，8日走25华里转移到姚家庄，9日又返回前刘寺，我纵一边调动敌人，阻击敌第5军，一边作为野司的预备队，找机会参加沙土集战斗。经过三天的艰苦奋战，在野司指挥下，我友邻纵队全歼了敌整57师，这是我军鲁南突围后打的第一个胜仗，出了一口恶气，鼓舞了士气，大家心情也好受一些了。在沙土集战役中我们五台掌握了敌整 75 师和第 5 军的全部活动情况，以及敌整 57 师被围歼的全过程，保障了这次战役的胜利。9 月 23 日又在曹县胡庄地区与敌整 11 师打了一仗。

为了支持配合刘邓大军在大别山地区的活动，9 月 24 日我纵自定陶西南地区向陇海铁路出击，经过两天急行军，于 26 日攻占内黄车站，27 日向陇海路以南杞县进击，28 日全歼了杞县的守敌保安团，占领杞县，我纵队从乔集前进到杞县大户池。29 日进占通许县城，10 月 1 日攻克尉氏县城，2 日到达通许的白利寺，进入黄泛区鄢陵县的赵家庄、马棚镇、扶沟县的练寺集。

我们连续几天在黄泛区行军，脚下是软绵绵的，像走在弹簧床上一样，地面虽然潮湿，因已经过几年的沉积，土质还比较坚实，不像鲁南突围时那样一脚踩下去，上面是泥浆，下面是砂石，脚拔出来时，鞋子却陷在泥里面那种尴尬境地。然而我们所经过的村庄，全都是一贫如洗，几乎一无所有，这给部队筹粮带来很大困难。

真是天无绝人之路，正当我们连续行军作战，身上背的粮袋吃光的时候，部队打下了鄢陵县城。城里有美国救济总署的仓库，打开仓库都是美国运来给国民党政府用于救济灾民的奶粉、牛肉、猪肉罐头、面粉等物资。国民党县政府官员中饱私囊，锁在仓库里供自己享受。我们打下鄢陵后，为了解决部队生活供应的燃眉之急，用一部分给部队食用。我们台上也分到一些奶粉、面粉和牛肉罐头，自己动手用奶粉和面粉烤饼，吃起来像牛奶香饼。这是我们进入解放战争以来，第一次吃到这么好的食品。

10 月 4 日到达扶沟县的练寺集，休息了一天，继续南下攻取西华县逍遥镇，随即进占西华县城，前锋直达周口镇。这半个多月连克杞县、通许、扶沟、尉氏、鄢陵、西华这 6 个县，与友邻纵队一起，横扫了鲁、豫、皖 20 多个县城。我军所到之处，敌人闻风丧胆，国民党基层政权基本上被摧垮，保安团等地方武装大部分被歼，我军向南推进了 300 余华里，与进入大别山地区的刘邓大军遥相策应。我华野西线兵团已完全转入外线作战，我们的战场从原局限于山东的沂蒙山区，一下子转入北起黄河，南至长江，西到汉水，东达津浦线的广大中原原野上与敌军周旋。我刘邓、陈粟野战军及陈赓兵团构成了三足鼎立、互为犄角的有利局面。

在我华野西线兵团向鲁西南出击之后，敌人急忙从山东抽调了主力第5军、整75师、整24师等部尾随南下，一面尾追我军，跟在我们部队的后面，同时企图加强津浦、陇海、平汉铁路沿线的徐州、郑州、开封、蚌埠、许昌等要点的防守。

10月7日，我军挥师向东，连克太康、睢县、民权，再返鲁西南，经考城的许寨，曹县的环庄，于10月14日到达定陶的丰庄，在这里休整了近20天，组织土地改革学习，传达中央关于在解放区实行土改政策的有关文件。这是莱芜战役结束时休整、外线出击后第一次有这么长时间住下来学习、休整。

1947年11月上旬，我们结束了第一次土改学习，从定陶地区南下，攻克了徐州西的砀山县，进占曹村车站，威胁徐州。此时，敌第5军、整83师、整25师、整75师、整64师等各部已先后从鲁南及沿津浦路驰援徐州。15日傍晚，我纵进至徐州南，侦察到敌整75师告知徐州剿总停止联络，判断其要有行动。当时该师驻在我纵的南边宿县，但16日凌晨我纵接野司指示向宿县方向防御时，却发现该师从徐州方向经二堡向南面的三堡攻击前进，敌军部队已不是在我纵南边，而是在我纵北边。秦基同志立即向叶司令员报告，判断敌整75师在昨晚已乘火车北运徐州。叶司令立即调整部署，由向南防御转为向北防御，挡住了敌军。此后我纵又一度攻占宿县、张寨、黄土楼等城镇，完成了破袭津浦线的任务后，又迅速向西转入豫皖交界的永城和涡阳地区。纵队在涡阳县的宫集休整3天，于11月30日继续越过茨河，到达周庙。12月1日越过肥河、颖河，到达太和县的光武庙。2日到达沈丘县的宣路店，4日经郸县到韩岗店，5日到达鹿邑县的大新集，6日又进抵安平集休整4天。12月1日从太康县的傅集出发，经杞县、通许直取朱仙镇，我们一纵的前指进驻古城。据传这就是三国演义中所讲述的关羽过五关斩六将后，与张飞相会的古城，时隔一千多年，地名未变。这中原之地，历尽沧桑，说它是城，不如说它是个有土围墙的小镇或村庄。

15日我们攻克中牟县城，全歼了当地的保安武装部队，随后又返回朱仙镇、尉氏县的郝寨、韩集。19日进抵洧川县的西王村，强行军300多华里，沿平汉铁路东侧南下，25日到达漯河以北地区。原定拟继续南下，围歼西平地区的敌整编20师，但此时我华野三纵与陈赓兵团已歼灭了西平地区的敌军整编3师，我们当即改为攻击平汉路上的郾城。攻克后，纵队在郾城城郊过了1948年的元旦。12月31日晚，郾城河南豫剧团慰问演出，秦基同志通知我去观看演出，这既是我第一次观看河南梆子戏，也是我参加革命后第一次看传统戏，演的是传统剧目"柜中缘"。浓烈的河南地方特色的曲目音乐，给我留下了深刻的印象。

元月4日，纵队北上，于6日攻克许昌，全歼了守城的敌人，纵队驻在距许昌南18华里的大石桥，又开始土改学习和休整，不久又移驻距许昌七里的七里屯。

解放许昌时，缴获了大量的敌人军需物资，使我军得到了给养的补充。我们进入豫皖地区后，山东根据地的后勤给养跟不上，部队又一直在行军作战，此时已过了立冬，我们仍穿着七月在鲁南出击时的单衣。司令部侦察科参谋杜天宇同志送给我一件缴获的国民党军官穿的呢料军装上衣，我不敢穿。平时就是冻着也不敢穿，怕别人说闲话，只是去许昌照相馆照相时穿了一次。一直到农历十二月中下旬，部队才陆续发到由晋冀鲁豫军区后勤部制作的棉衣，上衣长可过膝，像大衣。裤子是老百姓穿的大腰裤，要折叠后用绳子捆住，行军走路很不方便，上级说这比刘邓大军在大别山的情况已经好多了。

十、三查三整与濮阳集训

1948 年 1 月 21 日，纵队司令部转移到许昌县南七里屯不久，土改学习暂告一段落。上级决定，机关干部除留少数人外，一律下放到连队去当兵。

我们五台当时干部就 6 个人，台长秦基同志宣布我和袁锦平同志两个人留在台上坚持正常侦察，监视敌人，其余三位同志在秦基同志带领下到纵队侦察营的骑兵侦察连去当兵，我认为这是上级对五台同志的照顾安排。一是骑兵侦察连每人一匹马，行军骑马，只是辛苦一点，要自己喂马；二是正常情况下，住地在纵队司令部附近，有事可以随时叫回来。这比其他机关干部分到战斗部队就好多了。他们走后司令部就留下副参谋长张俊升、作战科副科长唐炎（我在浙东电训班同学唐棣的哥哥）、作战参谋周曼天，及专管军事地图的测绘队人员，机关其他科的干部，全部下到连队去当兵，有的被分配到炮班扛炮弹及迫击炮座。

在七里屯，我和袁锦平同志两人轮流值班，白天监听敌军动态，傍晚抄一份国民党中央社的记录新闻给叶司令员送去。上午、下午就有一人轮流休息，常被作战科同志叫去打"杜老克"或"百分"。我利用时间到测绘队去看他们裱地图，向他们要了一小块绸布的边角料，重新装订了我的日记本，因为原来买的日记本太大了，又太重。长途行军，东西越小越轻越好，加之日子久了，原来的本子散了架。我自参加革命队伍，特别到新四军后，每次行军我都有记录：里程、经过地方、宿营地点及参加的战斗、战役情况。本子搞得很小，可以随身装在小口袋里，走到哪里，记到哪里，很方便。重新装订后，又重抄了一遍。这个小本子一直记到我们进军福建、解放战争结束，全国解放。这是我从战争年代留下来的唯一一件极为珍贵的历史资料，可以说也是一纵前指在解放战争中所经历的历史资料，也是我写这篇回忆文章的重要依据。

1948 年 2 月 4 日，纵队开始从七里屯出发，每天以 70 至 80 华里的速度向东北方向急行军，经过洧川、尉氏、通许，于 2 月 8 日越过陇海铁路。

10 日到达考城县的大李庄，我们侦获敌整编 55 师一部已进抵考城，整编 58 师一部进占兰封，野司命令吃掉这两股敌人。2 月 18 日我纵攻克考城，全歼了这股敌军；19 日我六纵攻克兰封，歼敌大部，我纵在兰封县的祥符营又歼灭敌整 55 师一个团。

2 月下旬纵队接中央军委和野司指示，我一纵、四纵、六纵队北渡黄河休整，下放到连队去的机关干部都被召回机关，秦基等四位同志也同时返回台上。我一纵和六纵奉命掩护四纵和野司机关先行北渡黄河，然后摆脱敌军第 5 军的尾随，再渡黄河。2 月 27 日晚，我们向北走了 50 余里，到达民权以北地区的白口，拟于 28 日继续北上。但 28 日拂晓，我们侦获第 5 军给郑州绥区的密报。经破译，其位置在我纵队的北边东明地区，其三个师的位置分布在东明以南一线，横拦在我军将要通过的前进路上。因为前天我们曾侦获敌 5 军的位置在我纵南边，怎么一个晚上我们向北走了 50 余里，敌军却走到我纵的北边去了？隔几分钟后，我们再抄到敌军第 5 军又向徐州绥署发了一份同样的电文，接着敌 5 军又下令 96 师向南搜索前进，我纵队北边已响起了炮声，证明密报破译是准确的。据分析，昨日敌军比我军行军多了两三个小时，多走了 20-30 华里，跑到我军的北边去了。我纵队顽强地阻击敌第 5 军后，为了迅速摆脱和调动敌人，于 3 月 2 日起以每天 90 多华里的速度南下，敌第 5 军尾随跟进。3 月 5 日我军将第 5 军引至河南太康地区后，于 3 月 7 日突然调头北上，急行军 300 多华里，甩掉了敌军尾随，3 月 11 日顺利渡过黄河，到达寿张县的大新庄，3 月 13 日到达濮阳县南的大桑树，部队开始大休整，进行"三查三整"的新式整军运动。

1948 年 3 月 15 日，我们纵队开始进行"三查三整"运动。刚开始不到 10 天，尚在改选支部领导的动员阶段，野司突然通知我们去集中训练。我们在台长秦基同志带领下，全台 6 个人，袁锦平、盛军达、郁善伟、梅征武和我，全体于 3 月 24 日去华野司令部驻地濮阳县东七华里的前田庄集训。参加这次集训的，除了我们一纵五台外，还有四纵王漠同志带的 3 个人，六纵侦察参谋周洪义与杨波两个人，野司情报处话报科的 6-7 个人，总共不到 20 个人。这是我们第一次到野司集训，后来才知道这次集训的目的是为了要执行中央军委和毛主席指示，由华野一纵、四纵、六纵组成第一兵团先行渡江，以调动敌军回撤江南，把战场引向蒋管区。叶飞司令员后来在他的回忆录中对这段历史有较明确的记述："1948 年 1 月 27 日中央军委和毛主席为了改变中原战局形势，调动敌军 20 至 30 个旅回防江南。决定由华野一、四、六三个纵队组成一个兵团，由粟裕任司令员兼政委，叶飞为副司令兼副政委，张震为参谋长，选择适当时机先行渡江南下，在闽、赣、皖、鄂等南方各省实行大范围机动作战。计划在湖北宜昌地段渡江进入湘西，或从洪湖、沔阳地区渡江进入鄂南，在湖南、江西周旋半年到一年，以跃进方式分阶段到达闽、浙、赣"。我们这次集训目的就是为了挺进江南，远离根据地，深入敌后，保障兵团或各纵队作战的思想政治工作和业务上的准备。

集训由野司情报处话报科副科长杨明达主持，野司情报处长朱诚基同志到会给大家讲话。他主要讲了情报侦察工作在历史上军事斗争中的意义，以提高大家对自己从事工作重要意义的认识，又讲了解放战争中的华东、中原战场及全国的军事斗争形势，强调我们情报工作要跟上战争形势发展的需要，要跟上我军战略大反攻总的斗争形势的需要，提高我们情报侦察工作的保障能力。然后杨明达同志介绍了他们在话报侦察工作中的情况和经验教训，对今后如何开展话报工作提出了一些要求和意见。他讲完后，就安排各纵侦察单位介绍自己的工作情况，实际上是一种集体汇报和开展话报侦察工作经验的交流。我们一纵五台就由秦基同志介绍，他比较详细地介绍了五台在一纵历次战役中开展话报侦察工作的情况。与野司杨明达同志的介绍相比，我们虽然是纵队一级的，但无线话报侦察工作做得也非常出色，秦基同志介绍的经验和情况受到了与会同志的热烈鼓掌。四纵和六纵开展话报侦察工作的时间短，四纵王漠同志是由野司情报处派去的。他去了以后，纵队只派了两位同志与他一起干，真正的侦察工作并未全面展开。六纵周洪义参谋和刚调入的杨波同志并不熟悉话报技侦工作，自然也谈不出什么情况，但这种业务交流起到了互相促进、交流经验的作用。最后讨论各纵回去如何向纵队首长汇报，如何加强技术侦察力量及如何展开话报技侦工作，以适应即将到来的新的作战任务对情报保障的需要。集训中还研究了如何利用缴获的V101报话机，建立我们自己的话报通信，以沟通一纵、四纵、六纵队之间与第一兵团部的联系，还自编了密码、密语。

我们集训了20天，4月15日集训结束后，又回到大桑树一纵司令部参加"三查三整"运动。在运动即将结束的几天里，我们台又不断补充了新的人员。首先调来的是温州人葛克明同志，是专门为了对付敌第5军邱清泉部队的，以后又调来了既懂日语又懂英语的秦森同志。因为我们进入河南、湖北地区，在通信侦察中遇到了驻信阳的张轸兵团，他下属各军、师军官大多留学日本，均可用日语通话。又调了一名懂广东话的女同志马新萍同志。此后又陆续调入陈仲光、马根生、马梅征、俞公耀、陈礼、胡明庭、陈占康等人。马根生、马梅征是我在浙东电训班的同学，俞公耀是纵队新闻台译电、报务员，懂得明码，都有无线电通信的报务抄收技术，只要熟悉、实习一下话报侦察特点及敌情知识，就可以独立值班。其他同志来自各个岗位，就需要有一个较长时间的学习和实习过程。陈仲光同志调来本意是协助秦基同志建立自己的话报通信台的。全台一下子由6个人增至16个人，这给干部技术培训和行政管理带来了新的问题，秦基同志一直是只管搞技术的，没有领导和组织这么多人的经验和精力，这个问题只能在以后的工作中慢慢地适应和解决。

5月中旬，传来了朱德总司令到濮阳看望部队的消息，以后知道主要是来与陈毅、粟裕商讨我们的第一兵团先行渡江后的作战问题。当时中央领导已东渡黄河，正在阜平地区向河北西柏坡转移途中。

大家听说朱总司令从延安到前线来看望部队的消息都很兴奋，说这是中央对一、四、六纵队全体同志的关怀。5月14日、15日朱总司令在濮阳接见了营以上干部和基层干部、士兵的代表，秦基和袁锦平同志去参加了这次接见。纵队司令部组织干部回来做了传达。朱总司令说，部队经过"三查三整"整军运动，阶级觉悟提高了，懂得为谁打仗了。我们是人民的军队，是人民自己的军队，为解放人民而打仗，也为解放自己而打仗。打败蒋介石是为了人民的利益，所以部队一定要加强纪律性，遵守群众纪律，不要触犯人民群众的利益。朱总司令非常关心这支部队，讲话非常亲切慈祥。听了传达，给了大家很大的鼓舞和激励。

休整后，五台一下调入 10 个人，本意是为了率先渡江，以适应敌后独立作战，扩大情报侦察范围，加强情报保障的需要。但后来毛主席和中央军委采纳了粟裕司令的建议，一、四、六纵暂不渡江，以华东、中原解放区为依托，会同中原野战军，在长江以北继续打几个大的歼灭战后再渡江。这样我们台增加这么多同志，一时并不能全面展开侦察工作，我们渡过黄河后一遇上打仗，不得不留下一半以上的同志去后方留守处，这是我们先前所没有过的。通常情况下一有战斗，秦基同志总是带上袁锦平、我、郁善伟、葛克明、梅征武、秦森等人在前线跟着纵队前指，直到战役结束。其余同志则由盛军达或胡明庭同志带队留在留守处，他们也开展侦察，以锻炼提高侦抄能力和情报判断能力，侦察到情报就向留守处的首长报告。虽然自己的话报通信台迟迟未能组织开展，但这些技侦人员以后都培养成了十兵团七科（技术侦察科）的主要成员，也成了空军（防空军）技侦部队的重要骨干力量。

十一、豫东（睢杞）战役

1948 年 5 月下旬，我一、四、六三个纵队结束了为时两个半月的大休整，于 5 月 27 日前后分别从濮阳地区出发，我一纵队每天以 70 华里的行军速度，急行军 200 余华里到达山东范县的王家楼，我们纵队机关于 30 日夜晚随同部队一起渡过黄河南下到达山东郓城地区。这一时期，中原地区的军事斗争形势已发生了很大变化，敌人趁我华野三个主力纵队在黄河以北整训之机，调集了 25 个整编师，以郑州、信阳、开封、商丘、蚌埠、徐州等城市为依托，企图全面控制陇海铁路东段、津浦铁路和平汉铁路南段的交通线，在中原地区寻找我军主力决战。当发现我军三个主力纵队于 5 月 30 日渡过黄河以后，蒋介石急调邱清泉兵团、整编 75 师、整编 72 师、整编 83 师和整编 63 师的一个旅进入鲁西南地区，妄图与我渡河南下的一、四、六纵队决战。

我军自 6 月初至中旬，一直在鲁西南地区与敌邱清泉兵团的第 5 军、整编 75 师周旋，寻找战机，想歼灭以第 5 军为骨干组成的邱清泉兵团，一时难以达到各个歼敌的目的。在此情况下，华野首长分析了当时敌军态势后，果断决定部队南下豫东，攻打河南省会开封，以围城打援的战术诱敌增援，调动敌人，寻机歼敌。

此时，我们侦获开封守敌为整编 66 师的一个旅和整编 68 师的一个旅加保安部队，兵力相对较为空虚。我一纵与邱清泉兵团在曹县、考城一线周旋，整编 75 师、整编 72 师在民权、商丘一线。6 月 16 日，野司命令陈士榘、唐亮兵团的第三、第八纵队于 6 月 17 日拂晓向开封发起攻击。同时命我一纵攻击曹县，并阻击邱清泉兵团，六纵攻击考城，并阻击整编 75 师西援。6 月 21 日午夜至 22 日拂晓前，我三纵、八纵经六天的激战，胜利攻克开封，全歼了开封守敌两个多旅，三万余人。我一纵、六纵完成阻击任务后也主动撤出战场，南下睢县地区待机。

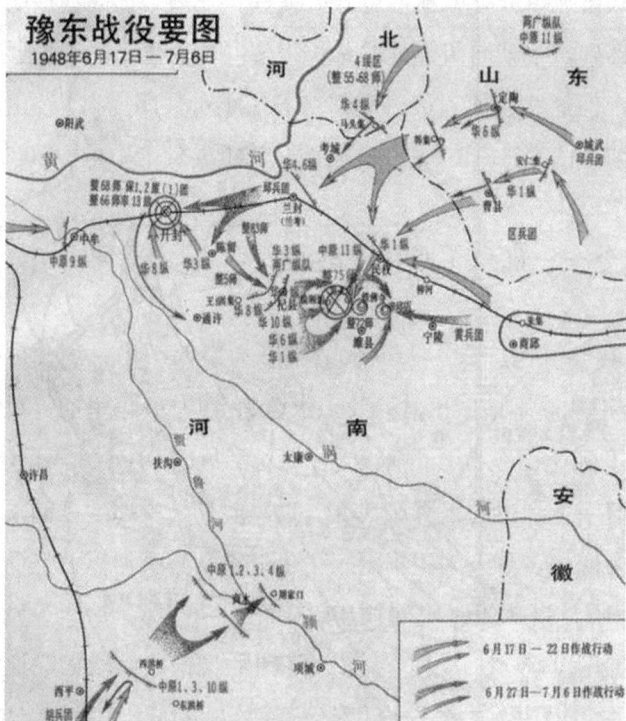

豫东战役要图
1948年6月17日—7月6日

开封被我军攻克以后，南京十分震

动，引起一片惊慌。蒋介石急忙令邱清泉兵团和第四绥靖区刘汝明部从鲁西南曹县、考城一线向开封攻击前进，务必在短期内收复开封。同时紧急调整编72师和整编75师，加新编21旅组成第七兵团，由区寿年为司令。从民权经睢县、杞县向开封迂回，妄图在开封地区与我军决战。

6月25日，我第三、第八纵队主动撤出开封，向通许方向转移，引诱邱兵团南下，邱兵团随即进占开封，并尾随我三纵、八纵队向通许方向攻击前进。而此时区寿年兵团率整编75师、整编72师小心翼翼地推进到睢县西北与杞县之间的惠济河两侧，与邱兵团相距约40公里，这就给我军提供了分割歼敌的战机。

此时，我一纵、六纵队已南下太康以北地区，四纵在杞县东北、睢县西北地区。野司首长迅速抓住这一有利时机，作出歼灭区寿年兵团的决定，于6月27日命令我一纵、四纵、六纵和中野十一纵队，加两广纵队组成突击兵团，由叶飞司令统一指挥，南北夹击区寿年兵团。同时令山东兵团攻击兖州、济宁，以吸引徐州整编25师、整编83师北援，使其无暇西顾。令三纵、八纵、十纵在通许桃林岗一线阻击邱兵团东援。

我一纵前指于6月27日当晚推进到睢县西南马头集附近的井阵庄，叶飞司令命令我一纵的一、二、三师迅速向敌整编75师与整编72师之间穿插，楔入其纵深约20华里。战至6月28日拂晓，一纵各师已攻占了敌两师之间的16个村庄，占领了长约20华里，宽约4华里的地域，完全分割了敌整75师与整72师的联系。我六纵向裴村店西陵寺攻击前进，敌向后收缩，六纵将敌整75师第16旅分别合围于榆厢铺、杨拐，敌新编21旅已被我压缩到陈小楼。我四纵加两广纵队由杞县西北向尹店、白云寺、蓼堤攻击前进。我中野十一纵队向君庄、涧岗攻击前进，并担任阻击徐州方向可能来援之敌。

28日终日激战，战斗异常激烈。特别是我一纵一师楔入敌两个师之间，一师攻击常郭屯，受到敌整75师和72师东西两面夹击，顽强苦战，分别击退敌军多次反扑，久攻常郭屯不下，战斗呈胶着相持状态。我们在侦听中获知敌整 75 师第 6 旅旅长向整 75 师师长沈澄年苦苦哀求救援，立即向纵队首长报告。叶飞司令当即告知一师廖政国师长，敌守军军心已经动摇，要求部队不惜一切，加强攻击。同时果断命令纵队警卫营作为战役最后预备队投入战斗，打破了战斗僵持局面，于 6 月 30 日晨 8 时常郭屯的敌第 6 旅部加两个团被我全歼，俘虏敌旅长以下 1500 人。常郭屯的攻克，打击了敌军的士气，加速了战役的进程，我六纵十八师会同中野十一纵歼灭了敌新编 21 旅大部，与四纵会合继续肃清了敌新编 21 旅残部，攻克了陈小楼，同时包围了铁佛寺的整编 72 师。敌区寿年兵团部、整编 75 师师部被我军压缩在龙王店村内。而此时，我六纵也已歼灭杨拐的敌 16 旅大部，并包围了榆厢铺。区寿年不断向邱清泉兵团和徐州请求救援，而邱兵团在杞县以西遭我三、八、十纵顽强阻击，毫无进展。蒋介石虽然亲临战区上空督战也无济于事，只好急令徐州"剿总"用火车将黄百韬整编 25 师西运商丘，会同第三快速纵队、交警第二总队组成增援兵团，由黄百韬任司令，从民权向睢县方向驰援。

7 月 1 日零时，我突击兵团发起对龙王店敌军的总攻。我一纵二师由何克希副司令员率领与六纵十八师一起，统一由第四纵队陶勇司令指挥，组织攻歼龙王店之敌。战斗到下半夜，我二师第五、第六团首先突破敌军阵地，进入纵深巷战。此时，敌整编 75 师师长沈澄年大骂部下坚守无能，接着电台讯号消失。战至拂晓，龙王店被我军攻克，守敌全部被歼，兵团司令区寿年、师长沈澄年等均为我军俘虏，我二师俘敌兵团参谋长以下 1000 余人。正当我围歼龙王店区寿年兵团之际，敌黄百韬兵团还在十分卖力地昼夜驰援，我们又及时侦获敌先头部队于 7 月 2 日已到达睢县以东的帝丘、王老集一线，与铁佛寺的敌整编 72 师相距已不到 10 公里，并且突破了我中野十一纵的杨桥、刘楼一线阻击阵地，我军向后撤退。正在此危急关头，我一纵一师原定前往围歼铁佛寺敌整编 72 师的部队及时赶到刘楼附近，立即主动向已进占王老集敌整 25 师发起攻击，激战中抢先占领董店、柴砦，并与敌第三快速纵队争夺王老集，双方各占了半个村庄。我三师七团同时在帝丘敌侧后突袭，迫使敌军收缩在帝丘、陈岗地区。7月2日，我一师、三师激战整日，受到敌整编72师和黄百韬兵团的东西两面夹击。经过艰苦奋战，先后无数次反复冲杀，稳住了阵地。

原来的战役计划是在歼灭敌整编75师之后，紧接着歼灭铁佛寺的敌整72师，以全歼区寿年兵团的两个整编师。但此时黄百韬兵团的突然来援，使战局发生了变化，野司决定改变战役部署，趁敌黄百韬兵团远道赶来，立足未稳，工事不固，决定先围歼黄百韬兵团。野司命令仍由叶飞司令员统一指挥一纵、四纵、六纵、八纵，加上中野十一纵和两广纵队，要求在7月3日晚完成歼灭敌黄百韬兵团。

7月3日竟日激战，敌铁佛寺整编72师乘机向东猛攻，妄图打通与黄兵团联系，被我击退。至晚，我一纵二师五、六团攻击敌侧后的陈岗，第四纵队攻占刘楼、杨楼，歼敌快速纵队一部，六纵攻占杨桥，歼敌一个团。两广纵队与中野十一纵进至帝丘以东地区，形成了对敌黄兵团的侧后威胁。黄百韬一面向徐州告急，一面命令整25师108旅和交警第二总队猛攻我三师七团柴砦阵地，妄图打通与整72师的联系。战至7月4日拂晓才歼灭黄兵团两个团，我军未能如期实现歼敌黄兵团战役计划。7月5日，我一师加二师四团、三师七团五个团攻击敌整25师108旅324团加2个连的王老集，战斗异常猛烈，直至6日清晨攻下王老集全歼守敌，给黄百韬以惨重打击。黄百韬虽然先后已被我歼灭三个多团，但战事进展不如预期那么快。黄百韬一面龟缩在帝丘周围顽抗，在空中飞机和地面坦克、炮火掩护下全力反扑，一面要求铁佛寺敌整72师全力向东攻击，同时向徐州紧急要求救援。本来是来救援的黄百韬，此时却向徐州要求救援。

由于我军在7月5日未能完全扫清帝丘外围之敌，不能在6日晚按期对帝丘发起总攻，需要继续拖延时日。此时固守在榆厢铺的整75师残部已被我六纵和八纵一部肃清。这时，我们从侦听中发现邱清泉兵团已向北绕过我三纵、八纵、十纵阻击部队，进至杞县东北，威胁我军侧后，敌18军也已到达淮阳，次日即可到达太康，重建的整74师已到达鄢陵东北。黄百韬不断要求邱清泉兵团尽快靠拢，邱清泉也亲自在报话机中督促部队加速攻击前进。敌情的变化已不容许我军再继续恋战，华野首长决定乘胜收兵，于7月6日晚主动脱离战场，撤出战斗。我一纵当晚即迅速向北撤出战场，经民权跨过陇海铁路，经考城、兰封的秦砦、后唐集、八卦亭等地，连续急行军450多华里进入鲁西南，以后又从鲁西南南下转到太康淮阳以北地区的马桥进行短期休整。

豫东（睢杞）战役是一场大的硬仗、恶仗，战役前段我军歼灭开封敌三个多旅3万多人，后段在睢杞歼敌区寿年第7兵团部、整编75师和新编21旅及整编25师3个团，约5万多人，总共歼灭敌人达84000多人。这场我军在外线战场与国民党军进行的大规模攻城打援战役的胜利，给中原地区蒋军以沉重打击，大大削弱了中原敌军有生力量，打破了中原战场僵局，改变了中原和华东战场的态势，迫使敌人在中原地区只能退守铁路各个要点，极大地提高了我军城市攻坚、运动战和平原阻击的作战能力，并使我山东解放区和中原广大地域连成一片，战场上的主动权开始转到我军手中，蒋介石已无与我军决战的机动兵力，变成被动挨打的重点防守的局面，为以后敌我双方的战略决战奠定了基础。8月，毛主席说："解放战争好像爬山，现在我们已经过了山的坳子，最吃力的爬坡阶段已经过去了。"

在这次豫东战役中我军取得了很大胜利，但这次战役也打得非常艰苦，我方的伤亡也很大。我们纵队前指在7月6日夜间撤出战场，从睢县王楼出发，向北经过龙王店、陈小楼战场时，看到地方民兵正在埋葬我方牺牲同志的遗体，战场上敌军的尸体横七竖八，遍地皆是，此时又正值盛夏，天气闷热，空气沉闷，有的尸体已开始腐败，阵阵恶臭迷漫在整个战场的上空，空气令人窒息。我们在行进中一路上有很长一段时间都是在这种近乎窒息的恶臭中行进，使人深深地感受到这次战役的惨烈程度。

在这次战役中，我们及时准确地侦获敌区寿年兵团的行动部署和战斗进行中敌指挥员的通话情况，特别是我一师对常郭屯敌军久攻不下，敌指挥员决心动摇和黄百韬兵团从徐州西援到达帝丘附近，其先头部队突破我中野十一纵阵地，我一师抢险阻击情况及邱清泉兵团绕过我三纵、八纵阻击，向铁佛寺方向急速攻击前进的情况，为纵队首长指挥战役进程，提供了重要情报保障，对阻止黄兵团与整72师的会合发挥了重要作用。

在马桥休整期间，秦基同志感到在濮阳时我台由6人增加到16人，由他一人直接领导管理有很多困难。一有战斗，他只能带几个人到前指去，其他同志只能随司令部跟着留守处行动。因此，他决定成立两个组，由盛军达和郁善伟同志各带一个组，每个组6至7人，开两个侦察台，负责监听战区内需要固定监视的敌台。抽出袁锦屏和我两个人负责搜索侦察和领班的任务，专门负责侦察战场上可能出现的新的敌军电台。经我俩查实后，如需要固定控守的，分别交给某一小组守控。同时，控守组值班的同志在守控敌军电台时听到有军事主官通话或敌电台话务员拍发密报时，当即告知我们，以便我们与控守组的同志一起同时进行听抄，然后进行校对，以减少发生错漏情况。发生战斗时，秦基同志也同时参加听抄。分组以后，对加强情报侦察和行政管理起了一定的积极作用。

十二、攻济打援 派往四纵

1948年7月上旬我们结束睢杞战役后，在鲁西南甩掉了邱清泉兵团的尾追，再次南下豫东太康、淮阳以北地区，在马桥、大张庄等地休整了一个多月，整训待机。此时野司首长正在考虑攻击济南，歼击徐州敌军北援的攻济打援的作战方案。

1948年9月9日，我一纵从淮阳以北的太康县所属刘庄出发，每天以80到100华里的急行军北上，途径河阳集、民权、定陶、巨野，经一周约500多华里的强行军，于17日到达嘉祥地区待命。此时，上级开始传达这次"攻济打援"的战役部署，任务规定由许世友、王建安统一指挥原山东兵团第九、第十三两个纵队，加上渤海纵队的6个团组成攻城东兵团，由宋时轮、刘培善指挥第三、第十纵队组成攻城的西兵团，从东、西两个方向

济南战役要图
1948年9月16日—24日

向济南攻击。由华野第一、第四、第六、第七、第八、第十一等六个纵队负责攻歼由徐州向北增援的敌军。

攻济战役从9月16日午夜2时开始发起攻击。根据这个战役任务，我们一纵重点是监视以徐州为中心，津浦铁路西侧和陇海铁路上徐州以西的邱清泉、李弥、黄百韬、孙元良四个兵团的动向，尤其是邱清泉兵团的动向，但敌人并未有什么大的动作。

我们到达嘉祥地区的当天，即9月17日正是农历的八月十五中秋节，全台同志一起欢快地度过了中秋之夜。第二天，农历八月十六（我们江南浙东宁波地区大多在农历八月十六日过中秋节）秦基同志传达上级指示，我一纵有可能视攻济战役进展情况，北上参加攻击济南的战斗。因此津浦路西打援的指挥任务交由四纵的陶勇司令员负责。为了加强四纵打援时的侦察力量，叶司令要我们派出一定的侦察力量前去支援四纵。秦基同志提出由郁善伟同志带的这个小组前去，要我随同负责情报技术业务。因为我曾两次单独执行过侦察任务，所以情报业务技术上要我负责，同时考虑到邱清泉兵团各级军事指挥员大多是温州人，通话时多用温州话，又增加了葛克明同志（葛克明同志是温州人，就是因为专门应对邱兵团而从部队调来五台的），这也是我第三次单独被派出执行任务。这样我们去四纵支援的小组就有8个人（原郁善伟小组6人），行政上由郁善伟同志负责，葛克明同志为党小组长。

我们一行8人，于9月19日行军25华里，到达四纵前指驻地小纸房。我与郁善伟同志找到四纵侦听股股长王漠同志（我们在徐州集训时，曾有一面之交），他早已知道我们要去，热情地接待了我们，介绍了他们开展工作的情况，然后带我和郁善伟同志去见四纵司令员陶勇同志。我们进去指挥所时，陶司令正在和其他纵队首长研究情况，室内挂着津浦铁路西侧、陇海路以北鲁西南地区的五万分之一地图，我们向陶司令员汇报了遵照叶司令员指示，前来四纵执行参加打援的侦察任务及我小组的人员组成情况。陶司令员对我们的到来表示欢迎，对叶飞司令派出侦听组支援表示感谢，并向我们询问了叶司令员的情况。陶司令员谦虚地表示要我们帮助四纵的侦察股开展侦察工作，有什么困难可以直接找他。

我们在四纵期间，对徐州敌邱清泉兵团、李弥兵团、黄百韬兵团的行动基本上做到了严密的监控。邱兵团一直徘徊在单县、青集、曹县之间，黄百韬兵团在其东侧砀山到沛县一线，均不敢轻出北犯鱼台、金乡。李弥兵团在津浦线的滕县以南亦未敢北进。

此时，由于吴文化部在 9 月 18 日午夜被迫起义，使我攻击济南的战斗进程更为顺利。经过连续激战，终于 9 月 25 日胜利攻占了山东省会济南，全歼守敌 10 万 4 千余人，我一纵因此也就未北上参加攻济战役。由于敌军未敢北上增援，因而打援部队也就并未打上。

在支援四纵期间，我曾莫名其妙地发高烧达 39 度以上，因为是在四纵外出执行任务，除了王漠同志陪去卫生所检查一次体温外，也未认真检查看病。感到自己责任重大，不能躺倒，要竭尽全力，坚持工作，全身畏寒颤抖时硬撑着去爬山。我们驻地屋后就是一座小山，一发高烧，我就去爬山，爬了几次山，出了几身汗，高烧竟然退了下来，轻松了许多。以后 1953 年，我在广州发现黑热病已是晚期，诊断的医生说你的病情至少潜伏有三年以上，这就很有可能此时已染上黑热病，当时可能凭着年轻抵抗力强，暂时挺了过来。

因为敌人慑于我强大的兵力部署在津浦铁路两侧，害怕中埋伏，没有大的增援行动，打援部队只在原地待机。平时我们也就只是监控敌军动向。王漠股长提出，要我给他们介绍话报侦察工作经验。葛克明、马新萍等同志也鼓励我给他们讲讲。因为他们包括股长在内只有三个人，且参加技侦话报侦听工作时间短，对本纵在战区内的敌军情况和技术侦察工作都不是很熟悉。我虽然已参加了侦听工作几年，情报侦察业务也只是跟着秦基同志学的，自己干还可以，要给别人讲课还真没有过，有点勉为其难。但看看他们工作实在困难，也不忍心让他们就维持这样的状态。特别是我们走后，我想他们很难独立完成侦察任务，就只能凭着自己所知及一些体会，向他们详细介绍了我们一纵五台开展情报侦听工作的一些做法。

在解放战争开始的 1946 至 1947 年，敌徐州剿总、陆总薛岳、陈诚及各兵团司令汤恩伯、邱清泉等，及其军、师、团主管都在报话机上，直接用明语通话，基本上是当电话来使用的。在宿北、鲁南、莱芜，特别是孟良崮战役，国民党军接连被我军歼灭后，蒋介石曾多次命令，三令五申不让各级军事主管直接在报话机上通话，改为由作战、情报，或由话务人员编成简易暗语、密语通话。但是在战斗激烈紧张危急的情况下，在速度、时效和保密发生矛盾时，敌主管往往依然亲自拿起话筒通话，这种情况一直延续到淮海战役后期才开始发生较大的变化，逐步改为由话报员拍发电报的形式实施，通话大幅度减少。

这次支援四纵执行打援的侦察任务，虽然由于敌军未敢轻举妄动，战斗没有打上，但是我们对敌邱清泉、黄百韬、李弥等兵团的动态情况掌握是及时准确的。我们离开四纵前，王漠同志带我和郁善伟同志再次去向四纵陶勇司令告别，他对我们掌握敌军动态情况是满意的，陶司令员要我们代他向叶司令员问好，对我们的支援表示感谢。我们在 10 月 8 日离开四纵新驻地济宁的大戴庄，回到一纵驻地大马青村，圆满完成了支援四纵的情报侦察任务。

济南的解放，山东全省除沿海城市青岛及其外围尚被敌所占据外，山东解放区和华北解放区已完全连成一片，为以后进行淮海决战创造了极为有利的条件。

十三、窑湾追歼战

1948 年 9 月下旬，济南战役即将胜利前，华野代司令粟裕就向中央军委和毛主席提出下一步进行淮海战役的建议。10 月 11 日，中央军委和毛主席对粟司令的建议作了电复指示，指出淮海战役的"第一阶段的重心，是集中兵力歼灭黄百韬兵团，完成中间突破"。

我们一纵 9 月 11 日从鲁西南越过津浦铁路，26 日到达曲阜的三角湾。这是我们一纵从 1947 年 7 月鲁南出击后再次返回鲁中南地区，思想上不由自主地有一种似乎回到了解放区根据地的特别亲切的感觉，其实当时鲁中南和鲁西南解放区已连成一片。

我们在三角湾住了 5 天，在宿营地工作时先后侦察到黄百韬第 7 兵团的 25 军、100 军、64 军及 63 军部署在陇海路东段新安镇一线，李弥的 13 兵团在黄百韬兵团的西翼曹八集、碾庄地区，邱清泉第 2 兵团在徐州至砀山一线，李延年第 6 兵团及敌 44 军在海州连云港地区。我们在侦听中获知敌 44 军将归黄兵团指挥，拟向新安镇靠拢，黄百韬不断催促 44 军加速向新安镇西撤。

10 月 14 日，华野在曲阜召开各纵领导参加的作战会议，由粟裕司令主持。原决定于 11 月 8 日发起淮海战役，后侦察发现敌李弥、黄百韬兵团均已开始向徐州靠拢的情况，遂决定提前两天于 6 日开始发起战役进攻，力争把黄百韬兵团阻击在运河以西地区。第一阶段的作战计划为：山东兵团第七、第十、第十三等三个纵队，排除一切困难，穿越敌冯治安第三绥靖区的所辖地段，攻占台儿庄，同时策动第三绥靖区的张克侠、何基沣的 59 军和 77 军起义，直插陇海铁路，控制贾汪、韩庄地区的运河桥与陇海路的铁路桥，切断黄百韬的第 7 兵团向徐州逃跑的退路，分割李弥兵团与黄百韬兵团的联系。

11 月 7 日清晨，我们侦获发现敌李弥已从碾庄、曹八集西撤，黄百韬兵团仓皇撤离新安镇，抢渡运河向徐州方向逃跑。敌 44 军从海州正向新安

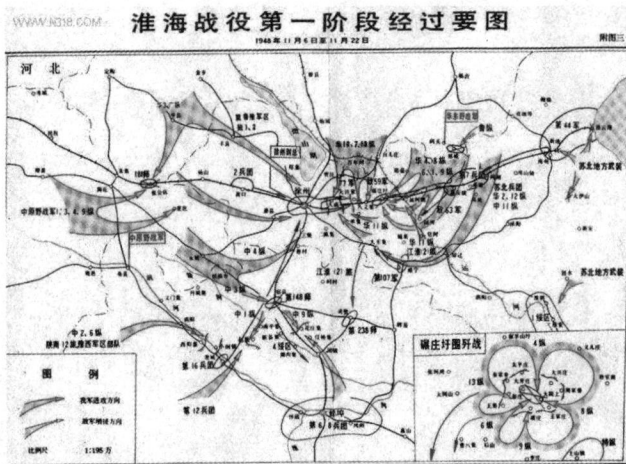

淮海战役第一阶段经过要图
1948年11月6日至11月22日

镇靠拢，黄百韬为了等待从海州方向西撤的敌44军，在新安镇等了两天。8日我华野第一、第六、第九纵及中野十一纵和鲁中纵队从新安镇以西地区越过陇海铁路，沿陇海路南侧向西追击。第四、第八纵队沿陇海路北侧向西追击，同时以第十一纵队和江淮军区的两个旅，由南向北向徐州附近的大许家进击，配合山东兵团断敌后路。

此时，徐州剿总刘峙向蒋介石告急，蒋介石按原先拟定的"徐州会战计划"，急令参谋总长顾祝同赴徐州督战，同时严令刘峙收缩兵力。我们侦获了黄百韬兵团的后撤序列的情报，他以100军为先头，依次为64军、第7兵团部，后卫是第25军，命令第63军负责左翼掩护，迅速向徐州方向靠拢。在逃跑中为防止我军过运河追击，不顾25军还有一个师尚未过运河，立即下令100军军长周志道将运河铁路桥炸毁，渡河船只尽行破坏。而此时其担任左翼掩护的63军尚在运河以东，其惊恐之态可以想见。63军军长陈章自行脱离兵团，带领部队向西南方向窑湾镇逃跑。

11月9日，华野指示各部，趁敌慌乱西撤的有利时机，迅速追歼黄百韬兵团。野司向各纵队发布了总动员令，号召全军各纵队"不怕疲劳，不怕困难，不怕饥饿，不怕伤亡，不怕打乱建制，不怕河流所阻，敌人跑到哪里，坚决追到哪里，全歼黄兵团，活捉黄百韬。"此时，我一纵接到野司指示：敌63军已于昨日（8日）下午2时撤离新安镇，企图经窑湾镇渡过运河向西逃窜，在途中经堰头时，已被九纵歼灭了一个团，要求一纵立即向窑湾方向开进，追歼该敌，而后协同友邻，围歼黄兵团。

在追击途中，我们侦获到敌 63 军军长陈章与敌 100 军军长周志道的通话，要求 100 军在运河西岸接应增援，在语言中表露出极度恐慌，毫无斗志的精神状态，暴露敌指挥员的军心已经彻底动摇。我们立即向纵队首长报告这一情况，纵队首长（济南战役结束后，叶飞司令员患黑热病在济南医院治疗，由原二师师长刘飞任第一副司令，张翼翔提升为副司令员兼参谋长，原副司令何克希已调去济南战役中起义的吴化文部改编的 35 军任政治委员，新调来一纵副政委为陈时夫）根据我们报告的情况，即向野司提议一纵有能力独立承担追歼敌 63 军，以腾出友邻纵队兵力去围歼黄兵团。纵队首长这个建议得到野司批准，由一纵队包打敌 63 军。

当日，我一纵急行军追击 100 多华里，猛追敌 63 军。由于窑湾镇的运河渡口没有桥梁，又缺少船只，无法渡河逃脱，敌 63 军只好在窑湾镇固守待援，仓促布防，控制周围大小村庄，抢修防御工事。其部署是：以 186 师的两个团各守备小东门和北门外围的几个村庄，一个团驻市区的天主堂，作为军的预备队。152 师两个团固守南门和大东门，以南门及其外围村庄为重点。

窑湾镇是苏北地区的水陆码头要冲，有苏北"小上海"之称，镇上有 3000 多户居民。抗日战争时期，日伪军曾长驻该地，构筑有许多防御工事和碉堡。镇的南、北、西三面有运河环绕，东面有一堵高 3 米多的围墙，墙外有壕沟与水塘相连接，四周地形开阔，易守难攻。

63 军是粤军，原为国民党广州绥靖公署主任余汉谋的部队，军长陈章在战前由 62 军副军长调任，官兵大多是广东人，调来苏北、鲁南，对水土不服，此时已入冬，饥寒交迫，军心动摇，士气很低。军长陈章本人先后分别与黄百韬和 100 军军长通话请求救援，说他的部队士气低落，最多只能支持两天，要黄百韬和 100 军急速派部队支援。黄百韬指责他身为军长，自己先要冷静、沉着，坚持向西突围。陈章诉说既无船只，又无桥梁，一个军一万多人，在共军攻击下，根本无法越过运河突围。

10 日拂晓，我纵队各师向窑湾镇外围发起攻击。经一天激战，我一师攻占上、下刘宅、大杨场、小上窑，直插渡口的圩场，肃清了镇东西的外围之敌。三师在师长陈挺、政委邱相田率领下，先后攻克陆营、闫场、头湾、二湾、三湾，扫清了镇东南外围之敌。二师在师长程业棠、政委张文碧指挥下相继攻克了藏口、上窑湾、洪兴场、谢场、钱口、西口、白公社等地，控制了镇东北的外围。纵队侦察营已抢先渡过了运河，占领了运河西的韩湾、小集一线阵地，切断了敌人向西渡河的退路。至此，敌 63 军已被完全压缩在窑湾镇内。

11 日上午，纵队在驻地腰庄召开作战会议，决定并报野司批准，于当日下午 4 时 30 分向窑湾镇发起总攻，向敌主阵地和军指挥所实施猛烈炮击。此时，63 军军部和各师电台都十分恐慌地相互报告遭到我军攻击的情况，司令部已乱作一团。

总攻发起后，我纵一师由小东门突破，歼灭镇中部之敌，尔后向两侧发展；二师由北门突破，歼灭镇北部、西部之敌后与一师会合；三师由南门与大东门之间突破，歼灭镇南部之敌。在猛烈炮火支援掩护下，我一师二团连续炸开两道鹿砦和围墙，突入小东门，打退敌人三次反冲击，巩固了突破口，在一个小时内全部进入小东门，并向两翼纵深发展。一、三团相继跟进投入战斗。我二师四团进攻北门受挫，由六团从小东门突入，直插北门，到晚上九时，全歼了北门之敌。三师在一师的策应下，突破了大东门向西发展，此时敌 63 军军长陈章见大势已去，慌忙率卫兵向运河方向逃窜，妄想泗水逃跑，在运河边被我截击部队击毙。战斗至 12 日拂晓全部结束，敌 63 军两个师、五个团共 13000 余人全部被歼，创造了解放战争中以我一个纵队的兵力，奔袭追歼敌一个军的战例，受到华野首长的通令嘉奖。在这次追歼战中，我五台自始至终严密地掌握了敌军的部署、军事主官的心理变化及战斗进展的情报，对战斗的胜利发挥了重要的作用。

十四、徐东阻击邱清泉兵团

在我纵队歼灭敌窑湾之敌63军的同时，我华野山东兵团和第四、六、八纵队已将敌黄百韬兵团其余的25军、44军、64军、100军四个军包围在曹八集、碾庄地区，并且已开始压缩包围圈。蒋介石得知黄百韬兵团被围消息后，气急败坏，晕头转向，急忙将11月3日刚从徐州调去东北任剿总副总司令的杜聿明于11月9日又召回南京。蒋介石紧急召见，命杜聿明再回徐州任剿总副总司令，主持"徐蚌会战"。第二天（10日）杜聿明匆匆飞抵徐州，连日与徐州剿总刘峙总司令、李树正参谋长商讨对策，急调16兵团孙元良部守卫徐州，令邱清泉从徐州以西的砀山东调徐州以东，与李弥的13兵团合力向东攻击，限令在11月20日与黄百韬兵团会师。同时命令黄维12兵团全力向徐州以南宿县攻击前进，妄图解救黄百韬兵团之围。

一纵在消灭敌63军的窑湾战斗之后，我们台当即转向侦察邱清泉的第2兵团和李弥的第13兵团属下各军师、团的行动情况，并同时迅速弄清黄百韬兵团被围的四个军的情况，以准备迎接下一阶段纵队的作战任务。就在同一天，我一纵在结束窑湾战斗后未经休整，于13日接到野司下达的命令，西渡运河，北上前往陇海路阻击邱兵团。此时，我们已侦获邱清泉的第2兵团和李弥的第13兵团完成向东攻击的准备，在空军、坦克、炮兵的协同下，正向我大许家一线发动猛烈攻击，当天前进4至7公里，占领了狼山、鼓山等阵地，与碾庄黄百韬兵团相距只有50华里。

我纵队首长在窑湾战斗结束前已命令工兵营在运河选点架桥，接到命令后，纵队迅速渡过运河，向西北方向急行军150多华里，经陈圩、古邳县，到达陇海路北房村地区的许家镇、小刘庄一线。邱清泉部队是我华野部队特别是我一纵的老对手，我五台对邱兵团所属各军、师的电台报话通信资料无论如何变化，都能了如指掌，我们利用部队行军途中的休息间隙，已完全掌握了邱兵团前锋部队70军和5军的位置。我纵到达位置后，纵队的二师和三师各一部立即分别向狼山、鼓山阵地的敌邱兵团第70军96师发起攻击。

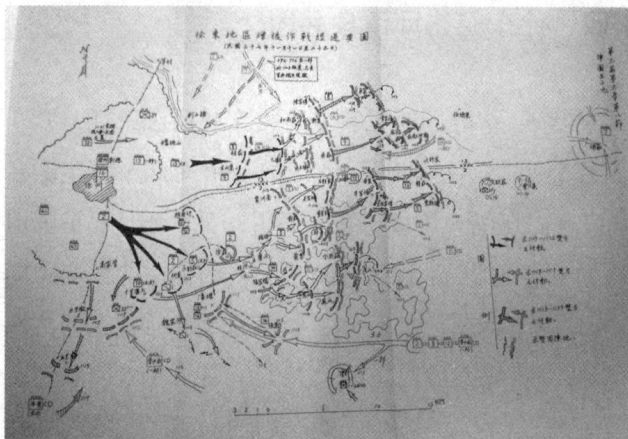

经两昼夜的激战、恶战和反复争夺，终于在 11 月 18 日攻占了狼山、鼓山阵地，使邱兵团未能再向前推进一步，有力地保障了我友邻部队完成围歼黄百韬兵团于碾庄圩的任务。

11 月 19 日，我台侦获我军已攻克了碾庄圩，敌 44 军、100 军已被我全部歼灭，剩下敌 25 军残部和 64 军主力已被压缩在尤家湖、小黄庄、大院上等几个小村庄中，歼灭黄百韬兵团残部已是指日可待。20 日，敌邱兵团 70 军军长高吉人下命令要求 96 师夺回狼山、鼓山阵地，敌军在猛烈的炮火掩护下反复多次向我狼山、鼓山阵地疯狂反扑，阵地得而复失，失而复得，邱、李兵团在我阻援部队的打击下，遭到重大杀伤。此时，黄百韬兵团在碾庄圩即将全部被歼，我纵队奉命撤出战斗。战至 11 月 22 日，黄百韬 25 军残部和 64 军余部在碾庄地区被全歼，黄百韬被击毙，敌 25 军军长陈士章等被活捉，淮海战役第一阶段以我军完全胜利而告结束。

十五、阻击杜聿明 围歼黄维

在我华东野战军围歼黄百韬兵团时，我中原野战军各纵及华野六纵、十三纵等部队在刘伯承、陈毅、邓小平总前委的指挥下，已于 11 月 16 日开始逐步形成对黄维第 12 兵团的合围。

黄维兵团曾是白崇禧集团的主力，1948 年 9 月在汉口组建，后赴河南驻马店地区驻防，下辖第 10、第 14、第 18、第 85 四个军及一个快速纵队，总兵力有 12 万人，全部美械装备，是蒋介石的嫡系和精锐部队。11 月 8 日奉命从确山向徐州急进，参加蒋介石的所谓"徐蚌会战"，蒋介石妄想这支精锐部队能在"徐蚌会战"中起到挽回颓势的作用。

我中原野战军为了消耗敌军，先以二纵、六纵沿途阻击，待黄维兵团进至浍河南岸、蒙城以北地区时，中野的第一、第三、第四、第九、第十一等五个纵队，加上华野的六纵、十三纵两个纵队早在该地区设下了袋形包围圈，对其实施合围。

11月24日上午，黄维兵团前锋第18军过了浍河，发现进入我预设的袋形阵地后，下午即命令全军向浍河以南撤退。我军趁敌后撤混乱之机全线出击，中野的第四、第九、第十一纵队从东集、邵围子一线向西南攻击。第一、第二、第三纵队由西向东压缩，第六纵队和陕南12旅由南向北进击。加上华野的第六、第十三纵队协同，将黄维兵团包围在以双堆集为中心的东西20里，南北15里的包围圈中。

我们在徐东阻击当面之敌邱、李兵团情况的同时，也侦获了黄维兵团前锋第18军通过浍河北上、南撤及其全军被我军合围的情况。

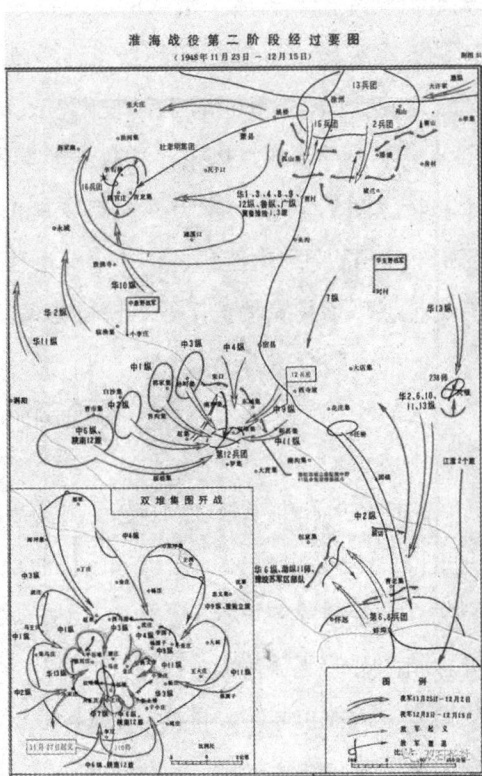

淮海战役第二阶段经过要图
（1948年11月23日—12月15日）

此时，我总前委和华野首长指示，为了防止徐州之敌在黄百韬兵团被歼后，南下与黄维兵团会合或向南撤逃，下令我华野第一、第三、第四、第八、第九、第十二及鲁中南、渤海军区和两广纵队共8个纵队，编成东、西、南三个阻击兵团，在徐州以南的津浦铁路两侧夹沟至符离集之间百余华里的正面，采取弧形大纵深配置，组成了强大的阻击防御阵地，以保障中野部队顺利围歼黄维兵团。

我一纵与四纵、十二纵编为东线阻击兵团，由四纵陶勇司令指挥，而我一纵又位于东兵团最右翼（最东边），以水口为中心，正面恰好又是阻击邱兵团的第70军。纵队指挥所于11月20日转移到李楼，部队于21日进入阵地。具体部署是：以一师为第一道防线，摆在水口、小店、下洪一线。三师为第二道防线，部署在玫瑰山、赵家洼一线。二师为第三道防御，在宝光寺、诸兰以南地区。

在黄维第12兵团被我合围后，蒋介石又急忙命令徐州杜聿明指挥邱清泉、李弥、孙元良三个兵团向南进击，命令李延年、刘汝明两兵团从蚌埠北上，以图解救黄维兵团之围。

11月24日下午开始，第70军向我一师水口阵地发起猛攻，我一师多次组织反冲击，击溃了敌人的反复冲杀，敌军未能前进一步。25日，邱兵团的5军突破了友邻纵队的杨家洼阵地，并向我纵队侧后猛扑。敌军在飞机、坦克掩护下，疯狂向我军攻击，战斗空前激烈，敌第5军军长熊笑三向邱清泉报告部队伤亡惨重，猛攻不能奏效。我一纵阻击部队连续顽强阻击6个昼夜，敌第5军、第70军始终未能前进一步。在阻击战过程中，我五台及时侦获了邱兵团第5军、70军下达攻击命令及战斗进行中的变化情况，有力地保障了我纵阻击任务的顺利完成，保障中野部队围歼黄维兵团。

十六、穷追围歼杜聿明集团

11月29日午夜至30日凌晨，我在值班侦听中发现，徐州敌原驻守在九里山的72军已撤回徐州市郊区，而徐州市党政要员紧急拍卖房屋、家具财物，大量搜罗各学校的学生，市内一片混乱，由此我判断杜聿明集团有放弃徐州南逃的明显迹象。敌人要逃跑。至午后，敌各军、师电台大多已撤收天线、关机停止联络，证实了我们的判断。秦基同志先后及时将这些重要情况向纵队首长作了报告。

当天晚上，杜聿明率邱清泉的第2兵团、李弥的第13兵团、孙元良的第16兵团及徐州"剿总"指挥部，连同国民党徐州市党、政机关人员，部分青年学生共约30万人，匆忙向徐州西南方向逃走。他们不择道路，争先恐后，狼狈溃逃。

野司首长当即命令我第一、第四、第十二纵队向西尾追，第二、第十、第十一纵队沿宿县、永城、固镇、涡阳公路截击，第三、第九纵为左路直插祖老楼。我一纵在阻击战中，位置是在最右侧，也是最东面，这时敌人向西南跑，我纵就在最后了。纵队首长命令一师为右路，三师为左路，纵队部率二师居中，迅速越过津浦线攻击前进，边打边走，沿途穷追猛打。敌军如丧家之犬，在宽约几百尺的公路两侧田野里，尽是敌人军政人员丢弃的各种车辆、军需装备、衣服鞋袜、罐头、用具，各种杂物差不多应有尽有，分不清道路和田野，其夺路而逃的狼狈情况可以想见。我们纵队机关在追击中，不时遇到我军战士押送一批批俘虏向后运送。12月4日，我纵队连日经曹家湖、肖县西关，越过津浦路，经杜老楼、王楼，先头部队三师攻占了芒砀山，与九纵在薛家湖地区会合，切断和封闭了杜聿明西逃的通路。12月5日早晨7点30分我纵队前指到达后陈楼，在各友邻纵队的协同下，将杜聿明集团包围在永城东北的青龙集、陈官庄、李石林地区。

6日上午9时我纵队向敌发起攻击，继续压缩包围圈。三师攻占王白楼后，纵队前指立即进至王白楼。我们五台立即开机，迅速侦获并弄清了我纵队正面驻李石林地区为李弥 13 兵团的 9 军。此时，我二师、三师迅速攻占了赵破楼。与此同时，敌孙元良 16 兵团两个军 16000 多人想趁机突围逃跑，当即被我军全歼，孙元良本人化装潜逃，敌 41 军军长胡临聪、副军长陈远湘、47 军军长汪匣峰、副军长李家英等被俘获。我纵先后攻克刘庄、豆庄、蒋庄、闫庄等村庄。我华野第一、第二、第三、第四、第八、第九、第十、第十一、第十二及渤海纵队等 10 个纵队，加冀鲁豫独立旅，将剩下的敌军杜聿明集团邱清泉兵团第 5 军、第 70 军、第 72 军、第 74 军、第 12 军及李弥兵团的第 8 军、第 9 军、第 115 军，一共八个军 20 多万人紧紧压缩在以陈官庄为中心的东西 20 华里，南北 10 华里的狭长地域内，包围得水泄不通。

12 月 16 日，中央军委和毛主席指示总前委："从即日起，两个星期内对被包围的杜聿明部不做最后歼灭之部署，以使蒋介石在华北战场上不能立即下决心海运平津之敌南逃。"我们前沿部队遵照中央指示，对敌人围而不打。我们通过坑道作业，逐步逼近敌人，包围圈已被压缩得很小，每个纵队的正面只有几百尺，最宽也只有一千多公尺。各纵队一边监视敌人，一边向敌人发动政治攻势，天天向包围圈内的敌人喊话。敌人 20 多万人被压缩在这么狭小的范围内，又正值严冬，天寒地冻，加上连续下了几场大雪，包围圈内的敌军更是饥寒交迫，度日如年。蒋介石派飞机空投的大米、粮食、弹药等物，因地域狭小，多半都落到我们阵地上，包围圈内一些村庄老百姓的粮食早已被这 20 多万人抢光，差不多天天都有成百上千的敌军士兵冒着生命危险从战场上逃跑过来投降，我们一纵阵地正面跑过来的就有 2500 多人。

此时，杜聿明集团的各兵团、军、师之间已紧靠在一起，电台报话机已很少使用通话，全部改用手工电报保持联系，甚至连报话员之间也改用报务联系，只是偶尔战斗激烈时报话员用电话通话，但基本上已没有军事主官通话，而我们也早已摸清当面敌军的位置。我们在阵地前一边监视敌军动向，一边进行战前休整。我利用敌前休整这个空隙时间，整理书写了解放战争中的话报侦察工作经验总结初稿，比较详细地回顾和总结了从 1946 年 6 月内战全面爆发，我军进行自卫反击，到淮海战役第三阶段这两年多来，华东战场上我一纵参加的历次战役的话报技术侦察工作的开展，以及敌军使用报话通信的演变过程。对解放战争期间我一纵参加的历次战役中的技侦工作情况，我之所以能记忆犹新，主要得益于我有在每次战役结束后都利用空隙时间进行总结的习惯。虽然淮海战役后我们去野司集训，集训结束后又调去十兵团，频繁的行军作战，把这个稿子弄丢了，未能留下，十分遗憾！但稿子的内容在我脑子里留下了极为深刻的印象。

1949年元月6日，华野命令各纵对杜聿明集团发起总攻。7日，我一纵攻占了夏砦等20个村庄，占领了敌李弥兵团司令部驻地青龙集，李弥兵团向河西逃窜，这一天我军歼灭敌军11个团，8日和9日我军继续猛攻。9日上午国民党空军副司令王叔铭奉蒋介石之命，亲自飞到陈官庄战区上空与杜聿明通话，转达蒋介石仍要求杜聿明坚守待援的命令。此时，李弥13兵团的阵地大部分已被我军攻占，邱清泉第2兵团各阵地也纷纷告急。当天傍晚黄昏时，杜聿明、邱清泉、李弥在陈官庄第5军司令部会商，要求当晚突围，而杜聿明却坚持要等到第二天（10日）上午在空军掩护下并使用毒气弹突围。争论到半夜，在午夜零时左右，我军占领鲁老家、朱楼集等，李弥13兵团已全部被歼。邱清泉给74军军长邱维达打了最后一个电话："李弥兵团已垮了，杜聿明已到黄庄准备突围，我已不能统一指挥，请自决。"此时，我一纵三师向第5军45师驻守的丁枣园发起攻击。10日晨，敌45师师长崔贤文率全师投降。到10日上午9时，杜聿明集团已大部分被歼，敌9军第3师师长周藩率众退缩到周楼、刘集顽抗，我军用炮火猛烈轰击，然后发起攻击，仅一个多小时，敌师长率所剩千余名官兵投降，至此淮海战役宣告胜利结束。杜聿明和第8军、第9军、第115军军长周开成、黄淑、司元凯等被俘，邱清泉被击毙，李弥化装潜逃，后来到了台湾。

在整个淮海战役的各个阶段，我们五台除了及时侦获纵队正面的敌军情况，保障我纵队作战需要以外，掌握的重要情况还有：邱、李兵团东调解救黄百韬兵团；黄百韬兵团各军的行止；黄维兵团到达宿县西南及被围后，廖运周师的起义情况；邱、李兵团向南进攻及撤离徐州逃跑等重要情况。这些重要情报不仅保障了我纵队首长指挥我军正面作战的情报需要，而且也有利于纵队首长了解整个战场敌我态势。

淮海战役胜利后，长江以北再无大的战役，我军胜利地向长江进军，准备进行渡江战役。1949年元旦，毛主席发表《将革命进行到底》的新年献词。打过长江去，解放全中国，成为我军全军将士的战斗口号，全国人民已经看到了全国解放的胜利曙光。

1949年1月15日全军统一整编，华东野战军改称为第三野战军，下辖第七兵团、第八兵团、第九兵团、第十兵团，原各纵队改编为军。17日，我们台随纵队司令部经铜山县到达小南望接到通知，命五台全体人员到野司报到集训。这次集训是为华野全军渡江做准备，各纵队的技术侦察台全体人员都来了。我们集训时间一个半月，集训的第二阶段，原来自各纵队侦察台的全体人员统一合编成四个部分，分别分配到第七、第八、第九、第十兵团司令部技术侦察科，军以下部队不再配编技术侦察单位。我们原一纵五台全体16个人，加上原七纵侦察股7个人、原六纵杨波同志、苏北的朱万邦、诸葛平及山东的王德利共27人，分到第十兵团司令部技侦科，科长由野司派情报处任希文同志担任，秦基同志为股长。第十兵团司令员是原第一纵队司令员叶飞，副司令员是原第七纵队司令员成钧，以我们原一纵五台和原七纵侦察股为主编入第三野战军十兵团，兵团首长与技侦人员双方都比较熟悉，便于开展工作。

第十兵团参加了渡江战役和上海战役之后，我们在叶司令员率领下向东南沿海福建进军，参加了福州战役、厦门战役、金门战役和沿海"剿匪"，解放了全福建。

整理：钱　穗

编辑：李新民

巾帼往事

张 云

口述者简介：张云，女，籍贯上海嘉定，1924 年 1 月出生，1944 年在上海铁路局工会（共产党地下党领导）参加工作，1946 年 3 月到华中局（新中国成立后改为华东军区）投身革命。1948 年 8 月加入中国共产党，后调汉口中国人民银行中南区行工作。1949 年南下广东，先后在中国人民银行广东省分行、中国农业银行广东省分行工作，1985 年 11 月离休。

我叫张云，生于 1924 年，家在上海。父亲在上海九曲桥常兴楼做学徒，他与我母亲结婚以后，就搬到南翔开始经营包子铺（也叫南翔馒头）。

当时，南翔一到周末便有很多名人雅士、旅游人员、大中学生来游玩。公园里有很多好玩的，比如天津戏台，常有《精忠报国》之类的戏曲上演，我也常常去看戏，可以说从小便受到爱国思想的影响。在我小学毕业的典礼上，我的语文老师跟我们讲："同学们：我们东北三省已经被日本侵略，已经威胁着我们国家了！我将要离开你们，到遥远的地方去为我们国家做更有意义的事情。"他讲遥远的地方可能是延安，因为这个老师思想很进步，积极向党靠拢。当时我们都被老师感动了。

　　小学毕业后不久，家里便遭遇了惨祸。哥哥北上北京，被日军飞机炸死，连尸骨都无法找到。后来日军进攻上海，南翔也被日军轰炸成一片平地，我们家也逃到朱家角。直到一年后，父母才返回了被日军占领的上海，而我则被暂时送到亲戚家寄住。后来爸爸和姐姐相继去世，只有母亲苦苦支撑着这个家。

　　尽管家里遭遇了这么大的变故，母亲还是让我入读了会勤女中，在这里，我遇到了一位叫陶靠芳的进步青年，他对我的思想影响很大。他给我看了苏联卫国战争时期的一些小说，比如《钢铁是怎样炼成的》等，也给我看了一些国内进步作家出版的作品，他借给我一大堆书，都是进步小说。当时在社会上是禁读的，禁止买卖的。所以我当它们是宝贝一样，拿到我自己宿舍里看。后来他告诉我，我们中国有个地方正在进行革命，说不定以后他会去。后来他便走了。

　　我在会勤女中念了一年书以后，因为家里实在困难，没有办法继续交学费，就没有再念书了。我只能做点简单的工作维持生计。有一次我乘火车回到南翔，刚从火车上下来，就遇到了牵着狼狗的日本宪兵。当时离那个日本宪兵距离还很远，他就叫狼狗追我。把我身上衣服、裙子下面都撕扯烂了。当时我害怕极了，只能趴在地下不敢动。刚好有个黄包车夫，把我扶起来坐上车，拉着送我回家。那一刻，所有的国恨家仇全部激发出来了，我们就是亡国奴，在日本侵略下，我们受尽欺凌，生活没有出路！

　　为了生活，我又到了日本的生计所（一家日本人开的旅馆）工作。那里的日本人对我们十分严苛，动不动就打我们。我对日本人更加痛恨了。后来遇到了一个老师，叫君民。她是进步人士，经常给我讲一些进步思想，她说我在日本生计所工作，是个很便利的身份，有通行证可以自由进出，问我是否愿意接受一个艰巨而又光荣的任务，就是把鞠章路生计所（火车站旁）用炸药炸掉。因为我一直以来对日本人非常痛恨，所以我很爽快地就接受了这个任务。随后她给了我一个定时炸弹，教给我怎么使用。我一点都不害怕。第二天，我在吃饭的时候，感觉门卫比较松懈，便将炸弹和雷管放在饭盒里头带进了生计所。看到旁边没有人时，就神不知鬼不觉地把它塞到一个榻榻米底下。

　　第二天我装着如常去上班，生计所已经被封不能进去了，外面围着很多人。说是里头炸死了 28 个关东军。他们正准备乘火车回日本的，在上海中转的时候在生计所刚住下就被炸弹炸死了，场面非常混乱。我回家躲起来了。3 天后来了五六个日本兵找我调查，当时是我亲戚在外面应对，我藏起来了。后来日本兵去我住的房间想查看有什么可疑的东西，但什么也没找着，我的房间只有一张床一张桌子和一个凳子，他们找不到什么可疑的证据，也就走了。

　　不久便传来日军投降的消息了，我心里是何等的高兴。毕竟我也在这场抗日战争中出过力，立过功。日本投降以后，在国民党没有接收之前，有一段时间实际上形成权力空白。当时我们组织了员工自发维持上海火车站秩序。那时列车长、司机、乘务员等人相当团结，他们贴出标语，要当家作主，坚持工作到底。同时号召大家组织工会，特别是组织铁路员工工会，自己维持秩序，自己售票，自己开车，继续通车。当时我是在生计所，大家选我做代表，去参加这个工会，在工会里头又推我当女工委员，那个时候我很年轻干劲十足，是个积极分子。后来国民党接收人员到上海后，将我们这些积极分子都相继开除了，也没有做出相应补偿。我们当时提出的口号就是"要民主、要自由、要解放"。随后我们组织大游行反对国民党的政策，举行罢工支援电车工人。国民政府派特务来对我们进行跟踪，并且设计欺骗我们游行人员。昆明惨案爆发后，我们工会又对昆明惨案组织了声援运动。

　　我们的核心组织被国民党逐步分解，正在大家都感到前途迷茫的时候，我们遇到了一个华中军区派到上海的采购员。他是老地下党了，一直负责地下工作。他来自解放区，热心地给我们介绍解放区的情况，特别是华中军区的情况。我们都是进步的热血青年，在他的影响下，我们非常向往，都希望能到解放区去。随后我们便按照安排，先到了一个百货公司，这是中共地下党的秘密联络站。之后被带到附近农村的一个不起眼的农户家里安心等待出发通知，最后我们跟采购员带着物资，几经周折，终于把物资运回了解放区，从此我们走上了革命道路。

1946年2月我们正式加入了解放军。当我们一行人到达军区时，华中军区司令员粟裕同志接见了我们，还派管理科的科长前来接待我们。我被安排到了随营学校。随营学校是什么呢，就是外来的一些知识青年，他们首先要到随营学校学习解放区的情况，了解解放区的生活和部队纪律方面的要求。特别是强调学习三大纪律、八项注意。后来我也换上了军装。紧接着国共内战爆发，我们这个随营学校就跟着部队，开始北上转移。

我们部队当时在长江以北的淮阴、淮安这一带活动。长江以南那几个城市本来是我们共产党占领的，后来按照国共签订的协定我们就撤退了，一直到长江以北。我们遵守这个协定，但国民党还是毁约了，当我们撤退到长江以北的时候他们就开始进攻了。在武器上他们占优势，我们处于劣势。撤退中，国民党军队不断对我军进行轰炸，每天都有人员伤亡。白天我们无法行军，只能夜间行军。行军过程纪律严明，行军时不允许打灯、抽烟、不准有一点亮光，不准讲话。当时粟裕司令员带领我们一起行军，一路上他都是很照顾伤病员的。他将马给伤病员骑，那些掉队掉在后面的、走不动路的，或者身体很虚弱的，粟裕司令员就让马把人驮在上面，他自己就跟我们一起走。我们的行军一夜可以走一百里，那时候我身体好，跟着部队走，也没有掉队。

我们白天不行军就住在老百姓家中，每次进入村庄领导都要重申三大纪律、八项注意，不能拿老百姓的一针一线，所以一到老百姓家里，都是先挑水打扫院子，把老百姓家里打扫干净，又给老百姓家的水缸都挑满水。领导要求我们尽量多为乡亲干活，少添麻烦。同时要跟乡亲们多聊天，了解当地的情况。后来我们在孟良崮与敌人发生了战斗，司令员指挥得好，战术运用得当，将孟良崮的国民党军队死死包围住，最后全歼了国民党军整编第74师及附属第83师一个团。

在孟良崮战役中，我主要参与了后方野战医院的救护工作。因为伤病员实在太多，所有的女同志都到野战医院帮忙，我们什么都干，抬伤病员、消毒包扎伤口，打扫卫生等等。当时这个第二野战医院实际上也是在地主富农的老宅大厅里头，摆了一些长板，让伤病员躺在那休息的临时应急治疗场所。我们作为医护人员，要轮流值班来给他们定时清理伤口，用酒精消毒，再换个干净纱布。有些伤得特别严重的，消毒的时候都特别费劲，一拉扯到伤口，或者感染化了脓还要切开伤口排脓，又没有麻醉药止痛，就特别痛。有些战士都痛得呱呱叫，呻吟声此起彼伏，整晚都不能入睡。就是在这样艰苦的医疗条件下，我们的战士稍微休整过来，很多人又要求继续参加战斗。我们的野战医院虽然简陋，但在全体医护人员的努力下，还是为孟良崮战役做出了应有的贡献。战役打完后，我们第二野战医院也撤掉了，组织派我们到了山东。

1948 年部队到了山东，开始进行休整，我刚开始在医学院工作，在休整阶段我被组织安排参加了跟老百姓的"三同"运动，即同吃、同住、同劳动。

二野开辟华中大别山根据地后很艰苦，极度缺乏干部，我们山东解放区根据中央的指示，抽调了一大批地方各行业的骨干前去支援，我们被组织上选中，跟随队伍来到大别山根据地。刚开始我负责供应后勤工作，随后我又担任了文化教员。在这期间，我爱人打报告给政委申请结婚，经过组织批准我们便结婚了。当时结婚有规定，要 35 岁以上，8 年党龄。

这期间，我初步接触了银行系统的工作，熟悉了银行的一些工作流程。武汉解放后，我与爱人被调往武汉银行系统工作，当时是陈希玉当银行行长，还有一个副行长叫方高，我爱人担任办公室主任，我担任会计。我们的任务是负责接管武汉市银行。国民党有个中央银行，武汉一解放我们就到这个中央银行去了。当时国民党留下来了很多物品、人员和相关的一些档案，不过黄金白银都被搬走了，剩下都是那些废纸般的金圆券。我们接管之后，废止这些货币。因为国民党离开之前，物价飞涨，人民生活困难，国民党大量发金圆券导致货币贬值，金融混乱。经过我们的调控和金融政策管理，逐步稳定了武汉的经济。

紧接着广州解放，组织又将我和爱人调往了广东，前往广东接管当地银行。方高先我们一步到广东，成为广东省银行的行长，他业务很熟，经常利用空余时间为我们开班授课，组织培训，为我们介绍广州的市场情况，教给我们银行要干一些什么以及银行的运行原理和个案处理方法，为我们后期展开工作提供了很多便利和帮助。

我们到广州接管当地的银行后，首先是解决了私有银行的问题。通过宣传党的政策，提高他们的思想觉悟，达成统一意见。我们采用的货币政策是苏联模式，另设了一元、三元、五元三种货币。我就在货币管理科任职，专门管理货币的发行和监管。发行货币期间，我们科里的工作忙得不分昼夜。经常大半夜了，我们科室的同志还在接听电话，统计哪个县要多少货币，按需求做计划，统筹分派拨发各地所需的货币。

那个时期，我们既管理货币发行，又要在人民银行管理货币流通。一边接下面的电话，统计哪里需要多少货币，另一边做计划请示领导，叫发行科执行。当时省银行就我一个女同志，发行货币都是我在管。后来根据实际需要，中央要求我们将一元、三元、五元的货币退出市场，不再使用一些过时的货币了，要加以回收。那个时候上海解放了，新中国有了自己的造币厂，造币厂印了大量的新货币——人民币。随后一箱一箱的货币都运进来。运进来以后我们就开始组织人民币的发行工作，做检查、登记和分类发放。工作非常繁忙，每天都加班加点，晚上十二点钟前基本不能回家，其他科室的人都早下班回家了，只有我们科室还在日夜奋战。

南下广州后，我一直在银行的岗位上工作。到了"文化大革命"时期，我也经历了挫折，停职，被批斗，直到"四人帮"下台后，我才恢复了工作。刚刚开始改革开放的时候，由于人才欠缺，管理上存在一些混乱，不过慢慢也好起来了。我刚恢复工作，工作热情很高，喜欢去发现问题并且很积极去提意见。不过当时我的思想还是相对保守，特别是我觉得当时货币发行多了，还往上写材料汇报我的个人看法。领导看了我的汇报材料叫我去他办公室谈话，诚恳地批评了我，说我通报有些地方货币发行量大了，出发点是好的，但有些观点是不对的。并指出我对当前社会形势认识过于片面，不利于工作的推动，现在国家把我们广东作为改革开放的试点，我们作为管理层干部，首先要思想解放，善于学习，勇于创新，紧跟着中央的指挥棒走。我听了之后非常受益，从此之后，我不断加强学习，遇到问题多想多看，及时跟领导和同事沟通。就这样，我一直工作到1985年11月离休。

回想起自己投身革命一路走来的历程，我不禁感慨万千。我能为崇高的理想奋斗终生，实乃我一生的幸事！

整理：吕彦霖

编辑：彭仕安